4/7/25
$2-

En souvenir d'André

DU MÊME AUTEUR

Aux éditions P.O.L

La Vacation, roman, 1989 ; « J'ai Lu », 1999.

La Maladie de Sachs, roman, 1998 ; « J'ai Lu », 1999 ; « Folio », 2005.

Légendes, récit, 2002 ; « Folio », 2003.

Plumes d'Ange, récit, 2003 ; « Folio », 2004.

Les Trois Médecins, roman, 2004 ; « Folio », 2005.

Histoires en l'air, 2008.

Le Chœur des femmes, roman, 2009 ; « Folio », 2011.

Les autres livres de Martin Winckler sont répertoriés en fin de volume.

Martin Winckler

En souvenir d'André

Roman

P.O.L
33, rue Saint-André-des-Arts, Paris 6e

© P.O.L éditeur, 2012
ISBN : 978-2-8180-1692-3
www.pol-editeur.com

Commencez juste avant la fin.
Kurt Vonnegut

« Il y a toujours une petite histoire enchâssée dans la grande. Une histoire qu'on transmet à quelqu'un d'autre.

Au moment du départ, l'assistant devient ce quelqu'un d'autre. Il l'incarne, il lui donne vie. Il reçoit, il écoute, il ne dit rien, il n'intervient pas, il ne fait pas d'analyse sauvage ou d'interprétation intempestive, il écoute, il ne dit rien, il reçoit, il est là.

Et, lorsque l'histoire s'achève avec le dernier souffle, il l'emporte et la garde, jusqu'à ce qu'il ait trouvé l'autre à qui la remettre. »

Emmanuel Zacks, *En souvenir d'André*

D'abord, l'officier d'état civil a examiné tes papiers d'identité et constaté que ton nom, ta date de naissance et ton numéro matricule sont identiques à ceux qu'indique le document officiel. Puis il a consulté le dossier administratif attestant que le patient a bien subi – j'utilise le mot à dessein – son entretien psychiatrique. Que l'expert y affirme son bon équilibre mental et souligne l'absence de signes de dépression. Que la maladie est incurable et que, quoique bénéficiant de soins palliatifs de qualité, le patient a exprimé sa demande auprès de trois médecins différents, à trois semaines d'intervalle, comme la loi l'exige. Et que tous ont donné leur accord.

Une fois ces précautions prises, il t'a permis de lire le dossier. C'est un document médical anonyme, un peu technique : il retrace l'itinéraire du patient depuis les premiers *symptômes, passe en revue les examens diagnostiques, les choix thérapeutiques effectués en conformité avec l'état des connaissances, la longue phase de rémission de cinq ans, les deux récidives et leurs traitements – manifestement efficaces puisqu'ils lui ont valu, respectivement, quatre ans et vingt-sept mois supplémentaires de répit. Pour en arriver à la rechute survenue il y a neuf mois, avec la découverte de lésions disséminées dans plusieurs organes vitaux, parmi lesquels le foie, les deux poumons, la colonne vertébrale et, possiblement – mais il a refusé l'examen qui aurait permis de le confirmer – le cerveau. Tu as lu tout cela avec curiosité et le malaise qu'on éprouve en découvrant des secrets qui ne nous appartiennent pas. Mais c'est la règle : que tu décides ou non de prendre contact, tu dois le faire en connaissance de cause.*

Ton imagination s'envole. C'est comme ça, tu n'y peux rien, tu as besoin de remplir le vide et de le peupler de figures en trois dimensions, même floues. Comme d'autres l'auraient fait à ta place, tu t'es préparé à rencontrer une épave, un corps humain replié de douleur, amaigri par la maladie, déformé par les interventions qui lui ont retiré un organe par-ci, un organe par-là, et cloué au fauteuil ou au lit, bardé de tuyaux divers et variés.

Mais tu fais erreur. La maladie n'a pas dévoré un organe vital, elle a pris naissance dans une multitude de localisations et le patient a été traité par chimiothérapie, non par la chirurgie. Jusqu'à sa rechute, il y a quelques semaines, il était parfaitement valide. Selon les dernières observations – effectuées juste avant qu'on te communique le dossier –, il était en parfaite possession de ses moyens intellectuels. Certes, il est âgé – soixante-dix-sept ans –, mais au jour d'aujourd'hui, vu le nombre et l'état des centenaires, les moins de quatre-vingts ans sont souvent de première jeunesse.

Enfin, le dossier t'a appris que le patient est médecin.

Tu as refermé le dossier et tu as hoché la tête.

Après t'avoir fait signer le document légal, l'officier d'état civil t'a remis la lettre.

Tu l'as tournée entre tes doigts avec une certaine émotion. Tu as attendu d'avoir quitté le bâtiment pour aller t'asseoir sur un banc, non loin de ton véhicule. Et là, tu l'as ouverte.

Tu l'as lue plusieurs fois, afin de t'assurer que tu comprenais bien. Et tu as bientôt senti la feuille couverte de quelques lignes manuscrites prendre toute sa gravité.

Tu t'es demandé brièvement ce qui l'avait poussé à te choisir, toi.

Tu as remis la lettre dans l'enveloppe et tu l'as appelé.

★

Tandis que tu diriges ton véhicule vers l'adresse qu'il t'a indiquée, ton esprit vagabonde une nouvelle fois.

S'il n'est pas prostré dans son lit, va-t-il t'accueillir assis bien droit dans un fauteuil de pierre tel un Moïse moderne ? Va-t-il, à ton entrée, abandonner sa lecture pour lever vers toi son front auréolé de lumière ?

La réalité résiste à tes fictions. Tu ne t'attendais pas à cette maison en bois, d'aspect anodin, juchée sur un demi-sous-sol.

La peinture est écaillée. Sur la galerie, à l'ombre, deux sièges en osier sont placés côte à côte. Alors que tu t'apprêtes à frapper ou sonner – tu n'as pas encore décidé –, un chat noir surgi de nulle part vient se frotter contre tes tibias. Il a le poil court, une tache blanche sur l'œil gauche, et porte une petite clochette sur son collier. Avant que tu aies pu te pencher vers lui, il disparaît.

Tu sonnes.

★

La porte s'ouvre sur un homme âgé, amaigri, voûté, vêtu d'un vêtement d'une autre époque, une vieille salopette rayée à bretelles et tablier, aux couleurs passées, au tissu élimé. Son torse enveloppé d'une chemise grise te fait penser à un menuisier qui n'aurait pas voulu prendre

sa retraite ; ses jambes flottant dans le bas de la salopette évoquent – tu n'aimes pas cette image mais elle te vient tout de même – la silhouette d'un déporté du siècle dernier.
Il a les cheveux blancs, il est rasé de frais.
Il te sourit, te fait entrer, t'invite à poser ton manteau, te propose un café – il vient d'en faire. Ou alors, un thé ? Il peut en faire pour toi.
Tu hésites, tu sens qu'il veut te mettre à l'aise. Tu dis oui au café.
Tu ne sais pas quoi dire. C'est ta première fois. Ce sera peut-être la seule. Tu brûles de lui demander pourquoi il a fait appel à toi, mais tu as lu dans le guide que cela ne se fait pas. Tu n'es pas là pour l'interroger sur ses motifs. C'est à lui de décider la nature de cette rencontre et, en signant le document officiel, tu as accepté ses conditions.
Tu n'as pas peur, mais tu t'inquiètes un peu, tout de même. As-tu bien fait d'accepter cette mission ?
Certes, tu accomplis là un acte civique auquel beaucoup de citoyens de ton âge, aujourd'hui, se portent volontaires. Mais seras-tu à la hauteur de l'expérience ? Tu n'en es pas tout à fait sûr.
Ton hôte, lui, n'a pas du tout l'air inquiet. Ni pressé. On dirait qu'il t'attendait comme un visiteur familier venu passer un moment avec lui. Tu pensais qu'il te donnerait rendez-vous à la nuit tombante et, puisqu'on est à la fin

du mois de juin, que tu ne lui rendrais visite qu'après le souper. Mais il t'a fait venir à deux heures de l'après-midi en ajoutant, avec un petit rire : « J'ai beaucoup de choses à vous raconter. »

La pièce dans laquelle il te fait entrer est un salon tout en longueur, meublé à l'ancienne, à l'avant de la maison. Près de la fenêtre donnant sur la rue, un fauteuil relax. De l'autre côté de la pièce, un canapé tendu d'un plaid tricoté à la main. Sur la table basse, un album de photographies comme tu n'en as vu que chez tes grands-parents adoptifs.

Ton hôte t'invite à t'asseoir et disparaît dans la cuisine. Il revient bientôt, deux bocks fumants à la main. Il refuse que tu saisisses celui qu'il te destine – « Non, non, c'est très chaud, attendez un peu qu'il refroidisse ! » *– et le pose devant toi sur la table basse, près de l'album de photos.*

Puis, l'autre bock à la main, il traverse la pièce en boitant et s'installe prestement dans le fauteuil relax, sans renverser une goutte.

Il boit une gorgée et te regarde.

« On y va ? »

Je voulais aider mon père à mourir.

À première vue, allongé dans le lit, son gros corps simplement recouvert d'un drap blanc c'était l'homme que j'allais réveiller, enfant, le dimanche en milieu de matinée. Je venais de descendre prendre mon petit déjeuner et ma mère, tablier autour de la taille, pétrissait de la pâte pour faire des petits pains. Elle regardait le réveil posé au sommet du réfrigérateur et disait : « Il est presque dix heures, il faudrait aller réveiller ton père. »

J'aimais entrer dans la chambre, sentir l'odeur un peu épaisse de sa nuit finissante, sourire en voyant son ombre étendue sous le drap – elle me faisait penser à l'éléphant dans un chapeau que Saint-Exupéry dessine au Petit Prince. J'aimais m'approcher de lui, poser la main sur son épaule, un baiser sur sa joue, murmurer – le plus bas possible pour le réveiller le plus doucement possible – *Papa, il est presque dix heures*, le sentir tressaillir, soupirer profondément, l'entendre répondre *Déjà ? Ah, dommage* (un autre soupir). *Bon, ça va, mon p'tit chat je me lève, je me lève*, d'une voix plus qu'endormie, fatigué de sa nuit pourtant longue – il se couchait rarement après onze heures. J'aimais le voir se redresser sur le lit, s'asseoir au bord en tirant sur le drap pour couvrir ses cuisses nues, rester assis là, avachi, somnolent, après avoir dormi pas assez ou pas bien mais jamais en colère que je l'aie tiré du sommeil.

Mais là, il n'était plus question de le réveiller, je pouvais murmurer ou hurler à tue-tête, ça n'allait rien changer, ni mes mots ni mes cris ne seraient suffisants pour le mettre debout, on lui avait foré le crâne pour en faire sortir un esprit maléfique qui ne s'y trouvait pas et il n'avait pratiquement pas parlé depuis, sinon par monosyllabes, pour nous envoyer chier, tous autant qu'on était, moi le premier – *mon p'tit chat, mon fils chéri*, tout ça ne comptait plus.

Ça faisait un mois qu'il gisait dans le lit de réanimation, d'abord étendu, après la chirurgie, le crâne emmailloté tout comme vingt ans plus tôt, par une nuit de grand froid, lorsque ma mère l'avait trouvé assis dans l'escalier de la cave, un livre à la main, face à la chaudière redémarrée à grand-peine – comme si le simple fait de camper là et de la surveiller d'un œil mauvais pouvait la dissuader de retomber en panne. Mais dehors il faisait polaire, sa femme et son fils dormaient à l'étage et il n'était pas question qu'il les laisse mourir de froid, alors la foutue chaudière n'avait qu'à bien se tenir, sinon.

Et puis les bandages avaient été retirés, et j'avais pu voir le pansement, le tuyau sortant de son crâne chauve et fixé par des sparadraps derrière son oreille, courant le long de son cou et s'enfonçant sous un nouveau pansement quelque part au creux de la clavicule, détournant le liquide translucide de sa tête dans je ne sais quelle grosse veine.

Plus tard, on l'avait installé dans un fauteuil aux bras en plastique fendillés et aux chromes piquetés de rouille, un fauteuil percé dont l'aide-soignante retirait périodiquement le bassin glissé sous ses fesses pour aller le vider, laissant là l'odeur composite d'urine et de merde qui, dans la salle commune où gisaient une douzaine de malheureux, l'emportait toujours sur les vapeurs d'alcool et de produits chimiques.

Non, il n'était pas seul.
Je vois d'autres lits, d'autres corps allongés.
Je les entends.
C'est toujours là.

Le fauteuil troué, ça n'a pas duré. Quelques jours, à tout casser. Et tant mieux, car j'avais peur d'aller le voir, alors. Avant, lorsqu'il était encore couché, il ne parlait pas, il avait les yeux fermés, je pouvais lui prendre la main, la serrer et sentir la pression de ses doigts en réponse, je pouvais lui parler, comme quand j'étais enfant, et m'imaginer qu'il allait se redresser et s'asseoir. Mais assis sur la chaise trouée, il était terrifiant et son regard hostile – un œil braqué, l'autre en fuite – me reprochait, à moi, de garder la chaudière de sa vie en marche.

Et puis, un jour, quand je suis arrivé, de nouveau il était couché, on ne l'asseyait plus sur la chaise, il faisait de la fièvre – les poumons des vieux ça ne respire pas bien, ça ne se vide pas bien, ça prend le bouillon et les bacilles s'en donnent à cœur joie – et comme il respirait difficilement de nouveau on l'avait intubé et ses yeux étaient fermés.

Il ne les a pas rouverts.

Il ne me faisait plus peur.

J'avais seulement peur qu'il parte et je savais qu'il partirait.

Je savais qu'il était parti.

J'étais désespéré en pensant qu'il ne reviendrait plus.

Un matin, un autre, pas longtemps après, j'avais voyagé longtemps dans un train surchargé de retours de vacances ou de départs en faculté, il était droit comme un gisant sous le drap blanc, je me souviens avoir pensé : *Ce n'est pas lui. Il dormait toujours le bras replié la main glissée sous l'oreiller*, mais quand je me suis approché comme chaque fois pour poser un baiser sur son front, j'ai vu son visage maculé de sang, sa narine tuméfiée.

On avait essayé de lui passer un tuyau de gavage par le nez.

Il ne s'était pas laissé faire.

J'ai senti la colère monter en moi et je suis allé demander ce qu'on lui avait fait, j'avais envie de frapper.

La réanimatrice m'a dit qu'ils le laissaient se reposer, mais qu'ils allaient recommencer.

J'ai dit : laissez-le tranquille. Il a soixante-dix ans. Il est hémiplégique à cause de l'intervention. Il a une pneumonie. Vous pensez vraiment que vous allez le remettre en état ? Vous voulez vraiment le maintenir comme ça indéfiniment avec des tuyaux dans les bras et un autre dans l'œsophage ?

Vous trouvez ça digne, vous, de lui coller ce spaghetti en latex dans le nez sans rien lui dire, sans rien lui demander, de vous y mettre à trois ou quatre pour le tenir et, quand vous voyez qu'il n'en veut pas, de le planter là sans essuyer le sang de son visage jusqu'à ce que sa femme ou son enfant débarquent avec leur espoir de le voir mieux et le découvrent ligoté comme un passant qu'on vient d'attaquer dans une ruelle sombre ?

Vous appelez ça *soigner* ?

Laissez-le tranquille !

Elle m'a regardé, m'a fait un sourire maternel.

« Je vais réfléchir à ce que vous venez de me dire. »

Je l'aurais tuée de mes mains.

Je me suis vu lui sauter dessus, l'étrangler, lui taper la tête contre le mur jusqu'à ce qu'elle devienne violette. Dans son bureau fermé, personne ne m'aurait arrêté.

Comment pouvait-elle lui faire ça, à lui ?
Comment pouvait-elle nous faire ça, à nous ?
Comment pouvait-elle me faire ça, à moi ?
Il avait dit : *Je ne les laisserai pas m'ouvrir le crâne*, et puis finalement il s'était laissé faire. Ma mère ne voulait pas le voir mourir et moi non plus.
Et voilà le résultat.

Je suis retourné près de lui, et son visage était toujours couvert de sang.
Personne ne l'avait nettoyé.
Pas même moi dans ma colère.
J'ai pris des compresses et de l'eau et je l'ai lavé. J'ai posé délicatement des gouttes sur ses lèvres et il a bu et hoché la tête doucement. Il a levé la main mais on l'avait entravé. Je l'ai détaché et il l'a passée sur son front, pour se gratter doucement les sourcils comme il faisait dans son demi-sommeil, le dimanche, au réveil. Une infirmière est arrivée, empressée, une bassine d'eau et un gant de toilette à la main, et quand elle m'a vu, elle s'est excusée : *Je m'en occupe*, mais je ne l'ai pas laissée faire.

C'était aux médecins maltraitants de le nettoyer, pas à elle.

Et puis c'était mon père, pas le sien.

C'est à ce moment-là que j'ai pris la décision.

C'était ce qu'il voulait.
Il avait dit : *Ne me laisse pas crever à petit feu.*
C'était simple. Je savais quoi faire.

Je ne suis pas parti à la fin des deux heures de visite autorisées. Personne n'a osé me dire quoi que ce soit. Tout le monde savait que j'étais en colère. Tout le monde a pensé : vaut mieux pas l'énerver plus qu'il n'est, ce type-là est médecin, son père est médecin, le chirurgien qui l'a opéré est plus ou moins leur cousin, c'est une affaire de famille, on est dimanche, rien ne presse, son tuyau de gavage sera posé demain, de toute manière avec ses cent kilos il ne mourra pas de faim.

Je suis resté près de mon père, guettant son souffle, ses moindres gestes. Je ne voulais pas qu'il passe une seconde seul.
Du coin de l'œil, je surveillais le chariot de l'infirmière, calé dans un coin de la chambre.
Le soir, l'équipe était une peau de chagrin.

Un résident pour tout l'hôpital. Une infirmière pour soixante lits. Deux aides-soignantes pour trois étages. Comme si la nuit personne n'avait soif ou peur ou envie de parler ou mal au bras, au ventre, au sexe transpercé par la sonde urinaire, aux fesses souillées par la diarrhée.

Je savais dans quel tiroir chercher.

Deux ampoules, une seringue, une injection de plus dans la tubulure, personne n'en saurait rien.

Je me suis penché sur lui et je lui ai pris la main.

Je ne les laisserai pas te maltraiter. Je ne t'abandonnerai pas.

J'aurais aimé qu'il me réponde, qu'il me parle encore comme il l'avait fait pendant longtemps.

J'aurais aimé qu'il lève la main une nouvelle fois, la pose sur ma tête, Isaac aveugle bénissant Jacob sans entourloupe ni trahison, pour une bonne raison cette fois-ci.

J'aurais aimé qu'il me fasse signe.

Je ne voulais pas aider ma mère à mourir.

Peut-être parce qu'elle me paraissait beaucoup trop vivante.

Peut-être parce que j'avais peur.

Elle était dans un lit, elle aussi, dix ans plus tard, assise.

Elle souffrait, ulcérée, de sa bouche, de son ventre, de fatigue, de tristesse d'être veuve depuis aussi longtemps. Tous ses beaux souvenirs ne parvenaient pas à la consoler de ça.

Elle venait de me dire qu'il y avait des tas de choses dans sa vie dont elle n'était pas fière, qu'elle en avait marre de vivre, et que si je voulais l'aider…

Je n'ai rien voulu entendre. Je ne l'ai pas laissée en dire plus.

Je suis triste de savoir que tu as envie de mourir, Maman, mais c'est ton droit. Cela étant, je suis ton fils, je ne te tuerai pas, mais si tu veux vraiment en finir, tu as tout ce qu'il faut dans ta table de nuit.

J'ai eu tort de lui dire ça.

Non, elle n'a pas avalé les antidépresseurs, les antalgiques et les somnifères qu'elle avait dans son tiroir. Elle est morte bien après, d'une bonne vieille pneumonie.

Elle a eu de la chance, et j'en étais heureux : elle n'est pas morte après avoir passé des semaines alitée. Elle est morte sereine, tranquille, en l'ayant accepté, tout avait été dit.

La dernière fois que je l'ai vue, allongée dans son lit d'hôpital, un tout petit masque à oxygène posé sur son visage, elle a murmuré : « Je ne me fais plus de souci pour rien. »

Plus tard, bien plus tard, j'ai regretté de ne pas l'avoir écoutée le jour où elle m'a demandé de l'aider à mourir. Ce jour-là, je me suis donné le sentiment d'être fort et moral, mais je n'avais rien compris.

Elle ne voulait pas que je l'aide à mourir, elle

voulait que je l'aide à parler. À vider son sac. À me raconter. À me confier ce qu'elle regrettait.

Il suffisait que je dise : *Raconte-moi, je t'écoute.*

Mais je ne l'ai pas fait.

Longtemps je me suis demandé pourquoi.

Pourquoi je n'ai pas osé, finalement, aider mon père à mourir.

Pourquoi je n'ai pas voulu entendre ma mère dire sa fatigue de vivre.

Pendant toute mon enfance, j'ai entendu mon père répéter qu'il aurait mieux gagné sa vie en devenant fonctionnaire ou garagiste. Et qu'il se serait fait moins de mouron.
    Il a été le premier surpris que je veuille devenir médecin. Enfin, juste après moi.
    Je ne sais pas si j'avais une bonne raison.

    Un jour, il y a longtemps, j'étais petit, mon chat a disparu.
    Mon père a fini par le retrouver, mort, au fond du jardin. Quand je suis rentré de l'école, il m'a pris dans ses bras et m'a annoncé ça tout doucement. Mais je n'ai pas pleuré. J'ai demandé à le voir.

Quand il me l'a montré j'ai demandé pourquoi il était raide comme ça, de tout son long, comme un bout de bois. Il a essayé de m'expliquer mais je n'ai pas bien compris.

On l'a mis dans un sac en plastique et on l'a laissé dans le garage en attendant de trouver une boîte pour l'enterrer. Le lendemain, j'ai rouvert le sac et trouvé mon chat roulé en boule, presque paisible, comme s'il avait pris la position la moins encombrante pour tenir dans la boîte.

Quand j'ai dit ça à mes copains, l'un d'eux s'est écrié : « Il est sorti du coma et puis il est *re*mort! » Mais je n'y ai pas cru. Il était déjà mort. Pendant la nuit il s'était passé quelque chose, mais quoi?

Quelques années plus tard, j'ai lu beaucoup de romans policiers. Quand ils n'étaient pas l'assassin, les médecins donnaient l'heure du décès, parlaient de rigidité cadavérique, de lividités et d'ecchymoses post-mortem.

Est-ce que c'est ça, qui m'a donné envie d'être médecin?

Je n'en suis pas sûr.

En tout cas, très tôt dans mes études, j'ai su que je ne serais pas médecin légiste. Il m'a suffi d'assister à une dissection.

Pendant mes études, j'ai appris comment mon chat s'était roulé en boule après sa mort, mais ça ne m'a pas dit pourquoi il avait disparu, pourquoi il était allé mourir, là-bas, tout seul, au fond du jardin.

Les morts n'ont rien à dire de leur vie.

J'ai toujours eu une mémoire insensée.

Pas pour tout, mais pour ce qui comptait.

Je me souviens des voix et des mots comme si je venais de les entendre.

Je connais par cœur tous les livres que ma mère et mon père m'ont lus, les dialogues des films que j'ai aimés, les paroles de milliers de chansons. Il me suffit de penser à la voix de ma mère disant : *Un jour, petit bleu et petit jaune...* pour entendre tout le livre, ou la voix *off* du personnage contemplant son propre cadavre flottant dans une piscine pour que toute l'histoire me revienne. Et je peux redire au mot près, en les imitant à la perfection, les sketchs des humoristes que je passais des heures à écouter, à la radio, quand j'avais quinze ans.

Aujourd'hui, je sais que ce n'est pas un don des fées mais un hasard de la génétique et de l'embryogenèse, mon cerveau est fait comme ça, voilà tout. Quand j'étais petit, ça surprenait un peu mes parents quand même. À trois ans, ils ne pouvaient rien dire de confidentiel devant moi : je répétais tout ce que j'avais entendu. Très vite, ils m'ont appris que ça ne se faisait pas.

Enfant, j'ai beaucoup lu à haute voix. Mes instituteurs aimaient m'entendre parce que je lisais bien, et mes camarades parce que je pouvais toujours retrouver l'extrait qu'ils avaient aimé. J'aimais prononcer les phrases, j'avais le sentiment de les retenir encore mieux. Alors, j'apprenais mes leçons en lisant à voix haute. À l'université, mes voisins de foyer s'inquiétaient de m'entendre parler tout seul. Un jour, on m'a sommé d'aller voir le psychologue. Au début, quand je lui ai expliqué de quoi il retournait, il ne m'a pas cru, bien entendu. Je lui ai cité les dialogues de ses films préférés et il a applaudi, en faisant remarquer que c'était un simple numéro de music-hall ; il craignait que cette mémoire exacerbée ne soit illusoire et ne cache un trouble mental profond. J'ai proposé de lui refaire intégralement le cours dont je venais de sortir et il m'a répliqué que ça ne prouvait rien, c'était invérifiable, et comme j'étais un bon étudiant, je pouvais très bien faire illusion. Au bout de vingt minutes d'entretien, j'ai répété, mot pour mot, toute notre conversation depuis le moment où j'avais mis le pied dans son bureau, avec les hésitations, les bégaiements, les pauses, les soupirs, les rires et les : *Je vous demande pardon*, en insérant – au moment exact où elle avait eu lieu, silences inclus – sa conversation téléphonique agacée avec une interlocutrice qu'il n'avait manifestement pas envie d'entendre. Il est resté bouche bée, m'a posé encore deux ou trois questions pour tester ma mémoire et s'assurer qu'il ne rêvait pas, et puis il s'est agité, il n'avait jamais vu quelqu'un doué de ces aptitudes, est-ce que j'accepterais d'aller me faire tester ? Il y avait à l'université des chercheurs en neurosciences qui s'intéressaient au fonctionnement de la mémoire, il allait me donner leur nom et leurs coordonnées, il fallait *ab-so-lu-ment* que je prenne contact avec eux.

Je ne l'ai pas fait, évidemment. Et comme il était tenu au secret professionnel, il n'a pu parler de moi à personne. En principe. Qu'il l'ait fait ou non, je n'ai plus entendu parler de lui et ça m'allait très bien. Je ne tenais pas à devenir un phénomène de foire.

J'ai appris à lire en silence.

Et j'ai découvert que les paroles prononcées dans ma tête se gravaient, elles aussi, pour ne plus s'effacer.

Devenir médecin, avec une mémoire pareille, ce n'était pas très compliqué. Surtout quand les souvenirs ne cessent de s'acoquiner les uns avec les autres comme s'il s'agissait d'animaux de la même espèce, de fleurs de la même famille, de roches contenant les mêmes minéraux. Lorsque je me rappelais la phrase clé d'un chapitre, toutes les autres se mettaient en rang, à ma disposition. Et si j'évoquais un mot particulier, toutes les occurrences de ce mot, et les textes où il figurait, se pressaient derrière lui. Bien sûr, au tout début, avec la biochimie et l'anatomie et tout ce qui ne se décrit pas autrement que par des formules ou des dessins, j'ai eu un peu plus de mal. Mais pas plus que pendant mes études secondaires. À mesure que les années passaient, tout est devenu beaucoup plus facile.

À l'hôpital, je suis devenu celui à qui on demandait ce que le patient avait dit le jour de son entrée, ce que les médecins avaient débattu en réunion de service, les transmissions entre infirmières, l'échange entre deux portes avec la famille, la petite phrase du voisin de chambre que personne n'avait entendue.

On se félicitait de mes qualités d'écoute, en s'assurant, tout de même, que j'avais oublié les condamnations à mort murmurées derrière la porte, les instructions données sans réfléchir, les paroles désagréables assénées aux conjoints, aux enfants, aux patients.

Je répondais que je ne retenais que les choses importantes. C'était faux. Je retenais tout, et il fallait que je me censure en permanence.

C'était fatigant.

Je ne pouvais pas m'empêcher d'entendre ou d'écouter. Je ne pouvais pas m'empêcher de retenir – sauf quand j'avais trop bu, et je n'aimais pas ça. Mais je ne voulais pas qu'on se serve de ce que je retenais, contre moi ou contre quiconque.

Alors, j'ai appris à me taire.

À la fin de mes études, j'ai voulu travailler dans un endroit où les patients ne parlent pas trop et où les soignants ne se posent pas trop de questions indiscrètes.

Pendant quelques mois, j'ai fait des avortements. Ce n'était plus illégal depuis de nombreuses années. Certains médecins allaient même jusqu'à dire que c'était « banalisé », comme s'il pouvait jamais être *banal* de s'allonger sur une table pendant qu'un pyjama de bloc masqué et ganté vous fourre une sonde dans le vagin pour aspirer le contenu de votre utérus.

Je n'ai travaillé là que pendant quelques mois.

Les femmes parlaient peu, mais je ne supportais pas de les voir me regarder les vider, encore moins de les regarder souffrir les yeux fermés.

Parfois, l'une d'elles criait.

Ça n'arrivait pas souvent, la plupart souffraient en silence, mais quand il y avait des cris et des pleurs et des bouffées de rage ou des torrents de chagrin, ils résonnaient en moi longtemps, c'était insupportable.

Je sais bien que je travaillais pour la bonne cause, autrefois elles auraient fait ça sur une table de cuisine ou dans une arrière-boutique et elles en seraient mortes ou restées mutilées, mais je ne supportais pas d'entendre leurs malheurs, et de provoquer leurs douleurs à petits coups de poignet.

Certaines demandaient à être endormies. D'autres ne voulaient pas.

Longtemps, on leur a dit que ça ne faisait pas mal.

Moi, je ne pouvais pas mentir. Quand elles posaient la question je répondais : *Oui, ça peut faire mal, mais je ferai tout mon possible pour que vous ayez le moins mal possible.*

Ben voyons.

Un jour, tandis que l'aide-soignante reconduisait la dernière patiente de la matinée, j'ai regardé mes mains. Sous les gants, j'avais tellement transpiré que mes doigts étaient fripés, comme quand on a passé deux heures dans la baignoire. Au vestiaire, j'ai retiré ma blouse, ma chemise était trempée, mon pantalon aussi comme si je m'étais pissé dessus ; si ça s'était produit, je ne m'en étais pas rendu compte. Dans ma tête, une femme criait toujours.

Je suis allé voir Mme Pujade, la surveillante du centre d'avortement. Elle a posé sur moi ses yeux profonds et bons.

« Tu n'en peux plus... »

J'ai baragouiné je ne sais plus quoi, ce n'était

pas l'avortement lui-même qui me rendait malade, mais…

« Ça te fait mal de leur faire mal. »

Et c'était ça. Quand l'autre a mal, j'ai mal. J'ai toujours été comme ça.

Elle comprenait tout. Je regrette de ne pas l'avoir mieux connue.

Elle m'a conseillé d'aller travailler à l'Unité de la douleur.

À l'Unité de la douleur, on recevait des femmes et des hommes qui souffraient.

Tout le temps. Depuis longtemps. De tous les côtés.

Beaucoup avaient des douleurs qui n'avaient jamais été étiquetées, jamais été identifiées. Leurs médecins n'y pouvaient rien et leur avaient dit parfois que c'était dans leur tête.

On ne leur avait pas appris que dans la tête, il y a le cerveau; que la douleur, le cerveau la perçoit et, parfois, la produit. Quand les gens disent qu'ils ont mal, ils ont mal. Dire que c'est « dans leur tête », c'est dire : « Vous avez mal parce que vous avez mal. »

Autant leur donner un coup de marteau.

J'ai appris à manier les antalgiques mineurs et la morphine. Les opioïdes synthétiques. Les anesthésiques locaux et généraux. Les neuroleptiques, les antidépresseurs, les myorelaxants et les alpha-adrénergiques. Les blocs plexiques et les neurolyses. Les péridurales.

J'ai appris à analyser les douleurs chroniques ; à identifier l'origine des douleurs projetées ; à apprivoiser les douleurs fantômes.

J'ai appris à employer le placebo, la relaxation, l'hypnose, les gestes, la parole.

Les gestes qui atténuent l'angoisse.

La parole qui, sans donner de faux espoirs, aide à s'ancrer dans la réalité.

J'ai appris à apaiser la douleur des autres.

Pas trop : sans les endormir, sans les empêcher de se sentir vivants.

Mais en les aidant à ne plus ressentir ces cris des profondeurs qui éventrent ou arrachent.

À ne plus être dans la douleur totale, qui empêche de ressentir quoi que ce soit d'autre. Qui empêche de penser. De sourire. D'être présent au monde.

J'ai beaucoup travaillé. Bien, je crois.

Mais ça ne me suffisait pas.

Il y avait des douleurs qui résistaient à tout. Des douloureux qu'on n'arrivait pas à calmer. Des visages qu'on ne parvenait pas à éclairer.

Et on ne parlait plus de douleur, alors, mais de tristesse, d'abattement ou, quand rien ne semblait agir, on se raidissait pour dire, sur un ton mécanique, métallique, qu'on avait affaire à une dépression profonde. Et on rajoutait des antidépresseurs.

Et puis, quand on avait tout épuisé, on sortait de la chambre, avant de l'être aussi. Et on y envoyait quelqu'un d'autre. Qui échouait à son tour.

Un jour, je me suis trouvé face à un de ces corps épuisés. Une femme.

« Je voudrais dormir.

– Je vais vous prescrire…

– Non. Je voudrais dormir. Vous ne m'entendez pas.
– Je vous écoute mais…
– *Vous-ne-m'en-ten-dez-pas.* »
Elle m'a regardé droit dans les yeux.
« Je voudrais rentrer. Chez moi. Et dormir. S'il. Vous. Plaît. »

*

Ses mots m'ont renvoyé six ans en arrière, infirmier remplaçant, face à une autre femme fatiguée.
« Je veux rentrer chez moi. On me dit qu'il ne faut pas, que c'est trop tôt, qu'il y a peut-être encore des examens à faire. Qu'est-ce que vous en pensez ? »
Qu'est-ce que j'en pensais ?
Je pensais au résident grommelant pour lui tout seul, devant moi, comme si j'avais été un meuble, qu'il devrait avoir le courage d'annoncer à cette femme sa maladie terminale, lui dire qu'elle allait mourir et que tout ce qu'on avait à lui proposer ne pourrait que la faire souffrir un peu plus.
Je pensais au chef de clinique disant au résident que ça n'était pas à lui de dire la vérité à un patient.

Je pensais au patron disant au chef de clinique qu'annoncer sa mort à la patiente, c'était de la cruauté, c'était bien plus humain de le dire à son mari, je vous fais confiance, mon ami, vous ferez ça très bien.

Je pensais aux paroles évasives du chef de clinique s'adressant au mari de cette femme, et ses regards fuyants, et ses réponses monosyllabiques aux questions de l'homme qui tentait bravement de tenir debout sous les coups que l'autre con lui assénait sans égards et insistait : *Surtout, surtout, surtout, il ne faut pas lui dire la vérité, ne lui enlevez pas l'espoir de voir ses enfants grandir même si malheureusement il n'y a plus rien à faire.*

Et je pensais aussi aux paroles bonnes et tendres de cette femme rassurant doucement son mari, ce mari déchiré d'éructer des mensonges et dont les yeux hurlaient qu'il ne les croyait pas.

Quand j'ai cessé de penser, j'ai entendu ma voix.

« Vous devriez rentrer chez vous. »

C'était sorti tout seul. *Mon dieu elle va comprendre et ça sera terrible, elle va s'effondrer complètement.*

Sortie le soir même contre avis médical, elle est morte trois jours plus tard. Son mari est venu donner le faire-part d'obsèques à la secrétaire du médecin-chef. En repassant devant le bureau des infirmières, il m'a vu, il est entré. Je pensais qu'il allait me frapper. Il m'a tendu la main.

« Merci de lui avoir parlé. Moi aussi je voulais qu'elle rentre à la maison, mais je n'osais pas le lui dire. »

Sa voix s'est mise à vibrer.

« Merci pour ces trois jours. »

★

Elle m'a regardé droit dans les yeux.

« Je voudrais rentrer. Chez moi. Dormir. S'il. Vous. Plaît.

– Je fais le nécessaire. »

Elle est partie le soir même avec tout ce qu'il fallait.

Elle vivait à plusieurs dizaines de kilomètres de l'hôpital. Cette fois encore, j'ai attendu qu'un membre de sa famille vienne me faire des reproches. Mais personne n'est venu. Des mois plus tard, j'ai appris qu'elle avait dormi pendant plusieurs jours, dans sa maison, la fenêtre ouverte sur le printemps. Elle avait fini par se réveiller, elle s'était remise à manger, elle avait repris des forces.

Elle avait vu le soleil se lever, la pluie tomber.

Elle avait parlé avec ses frères, ri avec ses amies. Et, une après-midi, à la fin de l'été, elle s'était endormie une dernière fois.

Beaucoup plus tard, un de ses frères m'a rapporté les boîtes de médicaments.

« Elle n'en a pas eu besoin. Ils pourront servir à quelqu'un d'autre. »

Au milieu des milliers de paroles, j'avais quelques images en tête.

L'histoire d'un groupe d'hommes et de femmes, pendant la grande crise économique des années 1930. Ils s'enrôlent par deux dans un marathon de danse. Le couple qui dansera le plus longtemps est censé remporter une somme fabuleuse. Tous les couples s'agitent jusqu'à l'épuisement avant de tomber comme des mouches. Le couple gagnant – ou sur le point de gagner, je ne sais plus – découvre que tout ça est un attrape-nigaud. Les organisateurs vont déduire de la récompense promise tous les frais d'organisation. Ils se sont épuisés pour rien. La femme, désespérée, donne une arme à son compagnon pour qu'il l'achève comme un cheval tombé.

L'histoire d'un soldat de la grande guerre. Un obus tombe juste à côté de lui. Quand on le ramasse, il est en piteux état, mais il vit encore. Après l'avoir réduit à l'état d'un homme-tronc muet, sourd et aveugle, le chirurgien militaire déclare qu'il n'a plus de conscience et ordonne de le laisser pourrir dans une chambre. Une infirmière le lave et l'alimente par sonde chaque jour. Mais le jeune homme n'est pas décérébré. Il cherche un moyen de lui parler. Et il trouve.

Une scène d'un film japonais. Au XIXe siècle, un jeune médecin entre dans un dispensaire misérable dirigé par un praticien dévoué à ses patients. Le jeune homme méprise cette médecine aux mains nues. Un jour, son chef le fait entrer dans la chambre d'un vieillard mourant. Il lui dit : « Veille-le jusqu'à son dernier souffle. Les derniers moments d'un homme sont sublimes. »

Ces histoires étaient là depuis longtemps. Quand je les oubliais, elles resurgissaient. Mais je ne comprenais pas ce qu'elles me disaient.

Pardonnez-moi si je ne raconte pas mes histoires dans l'ordre.

Tout ça me revient par vagues, sans prévenir.

Je ne sais plus quand j'ai commencé à me poser des questions.

Ni même s'il y a eu une première fois. Ça s'est imposé peu à peu.

On disait : « Celle ou celui qui ne souffre ni physiquement ni moralement ne demande pas à mourir. » C'est vrai, la plupart du temps.

Je le savais. Je connaissais les règles.

Et je faisais tout ce que je pouvais pour traquer le moindre signe d'inconfort. Pour humecter les lèvres dès qu'elles étaient un peu trop sèches. Pour changer l'oreiller un peu trop mou, un peu trop dur.

Pour masser un dos, des fesses asphyxiés d'avoir supporté trop longtemps un corps décharné.

Je passais des heures au chevet de celles et ceux qui n'en finissaient pas de souffrir, pour que la visite parfois trop brève de leurs conjoints, de leurs enfants, de leurs amis, leur soit un peu plus douce. Je voulais que l'homme ou la femme allongé dans le lit sourie à celle ou celui qui entrait. Je voulais que le visiteur inquiet se sente rassuré en entrant et sourie en retour, que le cadre sinistre de la chambre disparaisse devant le plaisir de se revoir.

Mais parfois, tout ce qu'on fait pour soulager, rassurer, entourer, ne suffit pas. Parfois, la douleur n'habite ni le corps ni la pensée. Ce n'est plus exactement une douleur, mais le vide laissé par un morceau de soi arraché à l'emporte-pièce. Une absence, insondable, impossible à combler. Un manque.

C'est ce qu'on ressent lorsqu'on passe toutes ses journées sans personne à qui parler, sans personne qui s'approche et se penche et met ses bras autour de vos épaules pendant que vous lisez assis dans le canapé, sans une main à effleurer lorsqu'elle ne fait que passer, sans un sourire à donner ou saisir.

L'absence de l'autre est un enfer aussi.

Ce n'est ni la douleur, ni la dépression, ni la solitude.

C'est un sentiment plus pénible encore.

Celui d'en avoir assez.

Être las d'être là.

À l'époque, quelques États d'Europe et d'Amérique toléraient l'assistance ou l'autorisaient, sous condition. Mais ici, le seul fait de mentionner le mot déclenchait des hurlements.

L'hypocrisie était insupportable.

Lorsque des jeunes gens se retrouvaient dans le coma après un accident de voiture, des équipes entières de médecins et de psychologues entouraient la famille pour la convaincre de les laisser prélever ses organes. Ils n'expliquaient pas toujours que le cerveau est une machine bizarre : s'il n'a pas été complètement écrabouillé, on n'est jamais tout à fait sûr qu'il a définitivement cessé de fonctionner.

Ils disaient que les autres organes sont précieux. Des malades en attente de greffon meurent tous les jours. Lorsqu'il est possible de prélever un foie, un cœur, des poumons, des reins, des cornées, de la peau en bon état, on peut faire abstraction d'un cortex abîmé. Cette vie végétative ne mérite pas d'être vécue. Celui ou celle qui n'a pas expressément exprimé son refus peut être *prélevé*.

Et on allait convaincre la famille qu'elle faisait une bonne action. Ou lui reprocher son égoïsme. Tant de vies pouvaient être sauvées grâce à cette unique mort. Un malade dans le coma, au fond, ne pesait pas lourd. Il n'était plus en état de donner son avis. Sa famille ne l'était pas non plus et on n'allait pas attendre qu'elle reprenne ses esprits. On pouvait *raisonnablement* statuer à leur place que le don de ces précieux organes valait mieux qu'une survie artificielle.

D'autres médecins bien intentionnés ne demandaient pas l'avis des handicapés pour les stériliser. Ils ne demandaient pas l'avis des femmes pour leur retirer l'utérus ou les seins. Ils ne demandaient pas l'avis des hommes pour les amputer de leur pied ou de leur prostate. Ils ne demandaient pas l'avis des parents pour administrer du potassium aux grands prématurés qu'ils jugeaient irrécupérables.

Dans tous ces cas, et dans bien d'autres, ils trouvaient *raisonnable* de décider sans rien demander aux premiers concernés. Ce n'était pas seulement de l'hypocrisie, c'était une posture de pouvoir.

*

Un jour – je n'étais qu'un étudiant perdu dans le groupe compact qui suivait le patron pendant sa grande visite – nous étions au chevet d'un patient comateux. En apprenant que le service allait manquer de lits, le médecin-chef a murmuré quelque chose à l'oreille de l'infirmière. Elle l'a regardé brièvement puis, sans un mot, s'est éloignée. Quand elle est revenue, avec une seringue prête à servir, nous étions sortis de la chambre. Le patron a désigné l'une d'entre nous et lui a dit *d'aller injecter ça* dans la perfusion du patient avant de tourner le dos et de se diriger vers la chambre suivante. Quand l'étudiante est ressortie, toute fière de s'être vue attribuer cette mission de confiance, elle a voulu aller jeter la seringue et l'aiguille dans la salle de soins. Là, deux aides-soignantes essuyaient des instruments.

« Où est-ce qu'on la met, l'entrée ? Sur un brancard, dans le couloir ?

– Non, au douze.

– Le douze n'est pas libre !

– Il le sera bientôt, je viens de voir l'infirmière préparer le cocktail. »

★

En ce temps-là, le silence et la soumission régnaient en maîtres. Les médecins statuaient. Souverainement. Mais lorsqu'un homme ou une femme sentaient que leur vie n'était plus que douleur et chagrin, ces mêmes médecins ne trouvaient pas *raisonnable* leur désir d'y mettre un terme. Ce désir-là ne pouvait pas venir d'une personne sensée, d'un individu compétent. Non seulement ils refusaient de l'entendre, mais ils menaçaient de *normaliser* ceux qui l'exprimaient – en les internant, ou en leur collant une camisole chimique.

Sauver la vie était le blason des médecins; donner la mort, un privilège de leur caste.

Alors, l'homme ou la femme qui n'en pouvaient plus faisaient mine d'aller mieux et attendaient que le professeur de médecine ait le dos tourné – ça ne tardait jamais. Puis ils rentraient chez eux et, quelques jours plus tard, ils allaient téter le canon d'un fusil au cellier, ou se balancer à une poutre au grenier. Et c'était leur femme de ménage, leur voisin, leur enfant, qui les retrouvait là.

Je ne voulais pas avoir ça sur la conscience.

Quand j'étais gamin, j'ai vu un documentaire sur les Indiens des Andes. On y expliquait comme ça, en passant, qu'hommes et femmes mâchent des feuilles de coca pour calmer leurs douleurs, mais aussi pour oublier la faim, le chagrin, le froid, la violence de la vie.

Pendant mes études, j'ai lu dans une revue médicale réputée d'Amérique du Nord qu'on dénombre parmi les médecins une plus grande proportion de toxicomanes, d'alcooliques, de divorcés, de dépressifs, de fumeurs, de décès par infarctus du myocarde et de suicides que dans la population générale.

Comment pourrait-il en être autrement?

Quand on décide qu'on sera médecin, c'est souvent par désir d'empêcher les autres d'être malades et de mourir. Le temps de le devenir, ce désir en a pris un coup. On se retrouve submergé par sa propre ignorance, atterré par sa propre impuissance, terrorisé de savoir qu'on n'est pas soi-même à l'abri et que nos parents, nos amis, nos amants, nos aimés n'échapperont à rien, eux non plus, qu'on soit ou non à leur côté.

Si tant de médecins sont aussi impitoyables avec celles et ceux qui bouffent ou fument, ou s'injectent des drogues, ou baisent comme des fous ou veulent mettre fin à leur vie pour surmonter l'angoisse de vivre, c'est parce qu'ils sont incapables d'atténuer cette angoisse en eux-mêmes : ils savent qu'elle sera toujours là.

L'Unité comptait une poignée de médecins et d'infirmières engagés et solidaires. Nous allions de service en service nous pencher sur des douleurs que les traitements des chirurgiens et des cancérologues ne parvenaient pas à soulager... ou qu'ils avaient provoquées.

On ne nous accueillait pas toujours bien. Certes, certains médecins étaient prêts à apprendre comment éviter de faire mal. D'autres, en revanche, considéraient que ce n'était pas leur problème et nous traitaient comme des intrus qui fourraient le nez dans leurs affaires et bousculaient leurs habitudes.

Les plus demandeurs de conseils, de soutien, de recettes, étaient les infirmières et les étudiants en médecine. C'est à eux que les malades parlaient, c'est à eux qu'ils prenaient la main – quand ils ne s'accrochaient pas à leurs manches. C'est à eux que les familles demandaient d'intervenir auprès des chefs de services fuyants, de leurs assistants débordés et de leurs résidents en *burn-out*. C'étaient eux qui nous appelaient, tôt le matin ou tard le soir, parfois même de chez eux, en cachette de leurs supérieurs.

Ils nous décrivaient des horreurs.

Longtemps, nous avons eu les mains liées : il fallait se soumettre à un nombre insensé de démarches administratives pour obtenir au compte-gouttes les médicaments nécessaires. Beaucoup de chefs de service étaient absents et injoignables – quand ils n'étaient pas hostiles. Or, sans le chef de service rien ne pouvait se décider.

Heureusement, le gaspillage était phénoménal. Beaucoup de praticiens prescrivaient à l'excès. Il fallait en profiter. Aussi, quand des antalgiques majeurs n'étaient pas utilisés – soit parce qu'ils avaient été mal prescrits, soit parce que le patient n'en avait plus besoin – nous indiquions aux soignants comment les conserver, constituer une réserve secrète, l'utiliser à bon escient.

Cette pratique évitait de faire attendre plusieurs jours un patient qu'on souhaitait soulager dans l'heure. Nous transgressions les directives, mais les contrôleurs administratifs fermaient les yeux : leurs parents, leurs conjoints, leurs enfants, leurs amis malades en bénéficiaient eux aussi.

La situation était ubuesque. Les industriels distribuaient *larga manu* des antalgiques en échange de la commande par l'hôpital de médicaments beaucoup moins utiles mais beaucoup plus coûteux, prescrits par des médecins soigneusement manipulés. Longtemps nous avons louvoyé, invisibles, entre la cupidité des uns et l'incompétence des autres.

Le prix à payer n'en était que plus insupportable. Car nous étions toujours dépassés par le nombre. Pour chaque cancéreux que nous parvenions à soulager, dix étaient soumis à des chimiothérapies inutiles. Pour chaque personne muette de souffrance à qui nous rendions la parole, vingt hurlaient sans être entendues.

Mais peu à peu, nous avons été plus nombreux. Et nous avons aussi assuré les soins palliatifs des patients en fin de vie.

Nous avons débranché les gavages insupportables, les moniteurs stridents, les respirateurs inutiles, les perfusions superflues. Nous avons couché les mourants sur des matelas plus confortables, sous des lumières plus douces; nous leur avons prodigué des soins quotidiens attentionnés, nous leur avons évité les humiliations. Nous avons fait au mieux pour apaiser leur fin.

Et, lorsqu'ils étaient déjà trop détachés pour apprécier ces soins, nous agissions de même pour consoler les familles torturées.

Naïfs et dévoués, nous nous prenions pour des bienfaiteurs; nous n'étions que les alibis d'un système.

La mort est la grande égalisatrice, dit le proverbe. Ben voyons.

C'était sans doute vrai à l'époque où tout le monde pouvait mourir du choléra, de la rougeole ou d'une tuberculose.

Mais quand je me suis joint à l'Unité, rien n'était moins vrai. Il n'y avait pas d'égalité des soins, il n'y avait pas d'égalité dans la mort.

Les patrons qui confiaient l'administration des derniers cocktails le jour à des étudiantes innocentes et la nuit à des infirmières exténuées déclaraient haut et fort, main posée sur le cœur, que la vie est sacrée, que le serment d'Hippocrate impose de la respecter, que l'éthique des soignants in-ter-dit d'en interrompre le cours.

Et les patients coincés dans un lit par un respirateur avaient beau s'époumoner, pas question de les laisser librement tirer sur la prise.

Certes, on ne refusait jamais une ultime injection à un banquier qui se mourait d'un cancer généralisé. On ne refusait jamais des comprimés de morphine à la vieille mère d'un ministre. Mais si la demande venait d'un jeune tétraplégique anonyme assigné à survivre indéfiniment dans un poumon d'acier – et surtout, si cette demande était publique – il n'était pas question de l'entendre. Ce garçon était probablement dépressif. Ou manipulé par son entourage. Ou mal informé sur les multiples possibilités de survivre dans des conditions acceptables – voyez l'acteur adulé, le savant renommé qu'on montre en photo dans leur fauteuil électrique, qu'on entend parler de leur voix métallique à travers les écrans de leurs ordinateurs. Puisqu'ils vivent ainsi, c'est bien que c'est possible. Les voilà les modèles, les exemples à suivre.

Bien sûr, cet argument ne tenait pas debout. Ce qui est bon pour l'autre n'est pas nécessairement ce que je veux pour moi. La question n'est pas de savoir si je peux survivre sans mes bras et mes jambes, sous morphine en perfusion ou avec un tuyau sortant de l'estomac.

La question est de savoir si je *veux* survivre comme ça !

C'était la seule question, et la même qu'aujourd'hui, bien que tant de choses aient changé.

« Quelle est ma liberté ? »

Et donc, en ce temps-là, tout le monde n'était pas logé à la même enseigne. À commencer par les soignants eux-mêmes.

Parce que là encore, c'était une question de pouvoir. Les soignants de première ligne – ceux qui partageaient la vie, le quartier, les écoles, les immeubles des soignés – suivaient le même chemin lorsqu'ils étaient malades, lorsqu'ils allaient mourir. Ils atterrissaient à l'hôpital. Où ils découvraient à leur tour l'anonymat, l'ignorance, le mépris, les attentes interminables.

La sonnette qui ne sonne pas. Les infirmières éreintées. Les praticiens pressés qui passent à peine la tête par la porte et se détournent aussitôt parce que leur cellulaire se met à sonner. Et qui, lorsqu'ils ont fini de répondre à leur épouse, à leur maîtresse, à l'ami avocat, au journaliste, décident en lisant l'heure sur leur petit écran qu'ils n'ont plus le temps d'entrer finalement et, convaincus qu'on ne les entend pas bavasser dans le couloir, haussent les épaules et lancent à l'infirmière, aux étudiants mutiques : « De toute manière c'est cuit, qu'est-ce qu'on va faire de plus, le pauvre type, renvoyez-le chez lui. »

Les plus chanceux de ces soignants mourants disposaient encore d'un carnet d'ordonnances ou d'une réserve de médicaments contrôlés. Dans leur désir égoïste de ne pas traîner, ils tentaient de préserver un semblant de souci pour leur entourage, calculaient au plus près le nombre de comprimés nécessaire pour s'endormir sans tout vomir et détruisaient le reste afin que leur conjointe ou l'un de leurs enfants ne les avale pas, plus tard, par erreur ou par désespoir.

Et puis, un jour que la famille, épuisée de rester à leur chevet, prenait un peu le large, ils se versaient un dernier verre, y mêlaient les comprimés soigneusement écrasés et avalaient le tout, juste après la visite de la voisine venue leur remettre la couverture sur les genoux.

Les plus mal lotis des soignants agonisants, en revanche, crevaient à l'hôpital. Comme tout le monde.

Et ils avaient beau demander qu'on les arrache à leur misère, on ne les écoutait pas plus que les autres. On avait même tendance à les fuir encore plus, car ils ne gobaient pas les mensonges : ils avaient trop vu, par le passé, d'autres qu'eux les avaler de force.

Mais dans la mort comme dans la vie, certains médecins étaient privilégiés. Aux professeurs qui n'en pouvaient plus, leurs élèves ne répondaient pas – ils n'auraient pas osé – qu'ils étaient sous le choc, qu'il y avait encore de l'espoir, qu'ils ne pouvaient pas faire ça à leurs proches, qu'ils ne savaient pas ce qu'ils disaient, qu'il leur fallait réfléchir, voir un psychologue, traiter leur dépression, envisager d'entrer dans un protocole d'essai – vous savez bien qu'il y en a toujours de nouveaux et de plus prometteurs.

On ne leur faisait pas la morale. On ne leur faisait pas la leçon. On leur disait qu'on prendrait soin de tout, à moins qu'ils n'aient une préférence pour telle ou telle molécule ? Et s'ils préféraient les prendre eux-mêmes, préféraient-ils un scotch *on the rocks* ou un martini dry, *shaken, not stirred* ?

Parfois, tout de même, on ne savait pas quoi leur dire. Vous connaissez l'histoire du chirurgien, spécialiste du cancer de l'œsophage, à qui on trouve... un cancer de l'œsophage ? Il consulte ses confrères les plus brillants. La plupart ont été ses élèves ; il connaît leur valeur, il leur fait confiance. À son grand désarroi, tous lui font la même réponse. Le spécialiste, c'est *lui*. Comment pourraient-ils lui dire, *à lui*, quelle décision prendre ? Et ils se renvoient la tumeur comme une patate chaude. Les mois passent, son état s'aggrave, il n'est toujours pas soigné. Un jour, son voisin l'invite à monter boire une bière sur le perron de sa maison en bois. Il le trouve abattu, il le lui dit. Le chirurgien malade vide son sac et le voisin qui n'y connaît rien mais n'est pas dénué de bon sens regarde le ciel, hoche la tête et déclare : « Toi, tu as besoin d'un bon médecin. » Illuminé par l'évidence, le chirurgien quitte sa région d'influence, s'installe à l'autre bout du pays, cesse d'être un professionnel et peut enfin se faire soigner.

Notez bien, il meurt quand même.

Je ne sais plus pourquoi je vous ai raconté ça.
Parfois, je ne sais plus où je voulais en venir.
Je raconte, je raconte, et je prends des chemins détournés.
Je ressasse des colères anciennes, et ça ne sert à rien.
Nora disait toujours que c'est une perte de temps, que l'essentiel n'est pas là.

Je vais vous parler d'elle.
Mais pas tout de suite.
Rien ne presse.

Qu'est-ce qui vous fait sourire ?
« Rien ne presse » ? Je ne plaisantais pas.

Mais ça me fait plaisir de vous faire sourire.

Qu'est-ce que je racontais, déjà ?
Je veux dire : avant de m'embringuer dans mon laïus sur l'inégalité.
Ah oui. L'Unité de la douleur.

Tout n'était pas tout rose.
Dans les chambres, nous avions l'habitude d'écouter et de prendre du temps. Mais dès que nous en sortions, la confusion régnait. Les familles quémandaient des dates. Les soignants demandaient des recettes. L'administration exigeait des notes de synthèse, des bilans, des résultats.
Personne n'écoutait notre avis quand nous disions de lever le pied, de cesser les soins superflus, de repenser les horaires insensés des infirmières et des aides-soignantes. Personne ne nous prenait au sérieux quand nous suggérions d'autoriser les visites tard le soir pour les parents, les amis ou les amants qui ne pouvaient pas venir dans la journée ; de répondre aux questions des familles dans un langage intelligible ; de changer le lit de place pour qu'il soit (ou ne soit pas) face à la porte ou à la fenêtre ; d'envoyer des étudiants intelligents passer du temps, matin et soir, avec les

patients qui voulaient rester lucides mais n'avaient pas la force de lire...

Et bien sûr, on ne m'a pas écouté non plus quand j'ai proposé de prescrire de petites doses de LSD, de psilocybine, de mescaline et d'autres hallucinogènes aux patients rongés par la peur de mourir. Personne ne s'est penché sur les articles publiés à ce sujet de l'autre côté de l'océan. Personne ne voulait entendre que des substances jusque-là illicites et diabolisées pouvaient lever l'angoisse de malades condamnés et leur permettre de vivre leurs derniers mois en paix avec eux-mêmes, en communion avec leurs proches.

Quant à les aider à choisir le moment de partir, il n'était pas même permis d'en parler.

Les principes comptaient plus que le soulagement des souffrances.

J'ai bataillé longtemps. J'ai rédigé des notes de synthèse et des présentations, j'ai publié des articles, j'ai fait le siège des commissions médicales et des comités d'éthique. On me répondait que les soins palliatifs n'étaient pas encore suffisamment développés, que les appels à la mort étaient des appels au secours, qu'un mourant qui dort ne demande pas qu'on hâte sa fin.

On ne voulait pas se pencher sur ceux qui ne dorment pas.

Finalement, j'ai cessé de me battre avec les moulins à paroles. Je me suis dit que c'était peine perdue. Jusqu'à ce qu'André, le premier, m'appelle.

André avait dix ans de plus que moi. Il souffrait d'une maladie inexorable. Sans traitement, sans espoir. Ses fibres musculaires mouraient l'une après l'autre. D'abord, il avait eu du mal à lever les bras. Il avait dû tenir sa tasse de café à deux mains pour la porter à ses lèvres. Et puis il avait eu des difficultés à marcher. Un jour, il avait fallu lui couper ses aliments, puis lui donner à la cuillère une nourriture mixée. Bientôt, il serait incapable de serrer la main de sa femme ou d'un de ses enfants, de faire le moindre geste, de parler, de boire et même de respirer.

Il avait réussi à rester chez lui. Il en avait les moyens. Il était médecin.

Nous avions travaillé dans le même service, nous étions très amis, à l'époque. Quand il a fait appel à moi, je ne l'avais pas revu depuis de nombreuses années. Je ne savais pas qu'il était malade. Déjà, il avait beaucoup de mal à déglutir. Il avait une peur grandissante d'étouffer dans son sommeil et, pire encore, de se réveiller un matin le cou troué par une canule de respirateur, l'abdomen branché sur une pompe à bouillie.

Il parlait encore, avec difficulté. Il disait…

…Pardon, je cherche un petit cahier, il était sur cette table quand nous nous sommes assis, mais je ne le vois pas. Ah, il a glissé sous le fauteuil! Non, non, ne bougez pas. Je ne vais pas vite, mais ça ira, je l'ai. Voilà.

Je ne veux pas mourir en voyant ma poitrine se soulever contre ma volonté, je ne veux pas entendre la machine respirer à ma place. Je veux pouvoir dire au revoir à ma famille. Avec ma bouche, avec mes lèvres, avec ma gorge.

Il avait vécu des choses dont il était fier, d'autres dont il se serait mordu les doigts. Il avait raconté les premières à ses enfants, mais il avait mal à l'idée de ne pouvoir parler des autres à personne. Tant qu'il en était capable, il s'était mis à les transcrire dans de petits cahiers, pas trop épais pour qu'ils soient faciles à manipuler.

De peur qu'un de ses proches ne tombe dessus, il les mettait sous clé, chaque soir, dans un tiroir de son bureau. Un matin, il avait été incapable de l'ouvrir.

Ce jour-là, il avait décidé de faire appel à moi.

« Je voudrais que tu m'assistes. »

J'ai d'abord fait mine de ne pas comprendre. J'ai voulu demander : « Pourquoi moi ? », mais il ne m'en a pas laissé le temps.

« Je sais qui tu es. Je sais ce que tu fais. J'ai entendu parler de ce que tu défends. Tu me comprends très bien. »

Il a tourné les yeux vers son bureau, m'a indiqué où se trouvait la clé, m'a demandé d'y prendre ses cahiers, de les emporter et de les lire, puis de revenir le voir.

Il y en avait quatre. Je les ai lus dans la nuit.

Je ne lui ai pas fait l'insulte de lui dire de réfléchir. Il avait eu tout le temps de peser le pour et le contre. Il avait eu tout le temps de l'écrire et de le récrire.

« C'est ma dernière décision d'homme libre. Je peux encore la prendre aujourd'hui. Je veux pouvoir la prendre avant de ne plus avoir la parole. »

Je comprenais. J'entendais son désir. Il n'était pas le premier à me faire part d'un désir de cette nature. Il n'était pas le premier à me demander de l'aide. Mais j'avais toujours éludé. Face à des étrangers, c'était assez facile. J'étais seulement de passage. Je n'étais pas leur médecin. Je pouvais me contenter de calmer la douleur et, le cas échéant, de détourner le regard. Je n'étais jamais allé plus loin.

André n'était pas un étranger. Et il n'avait pas mal. Ce qu'il me demandait, il ne pouvait le demander à personne.

Je n'étais pas du tout sûr de moi. Je le lui ai dit.

« Allons, il faut bien commencer. Et tu en as vu d'autres. Ne me dis pas que tu n'as jamais ordonné une dose un peu plus forte que ce que recommandent les directives. Que tu n'as jamais renouvelé une prescription qui aurait dû rester unique. Que tu n'as jamais entendu une épouse ou un mari effondré te demander s'il serait dangereux que leur malade prenne deux fois le même comprimé… »

J'ai dit que ça n'était pas la même chose.

« Non. C'est vrai. Toutes ces fois-là, tu pouvais sortir de la chambre ou de l'appartement et les laisser se débrouiller. Moi, j'ai besoin que tu sois là. »

Il a souri. Il pouvait encore sourire.
« Tu verras, ça se passera bien. »

Le jour convenu, une fin de semaine, je me suis rendu chez lui avec mon équipement.

Sa famille s'était absentée pour la journée, j'avais proposé de venir la passer avec lui, en ami. Sachant que j'étais médecin, ils se sentaient rassurés.

J'ai branché un flacon de plus à sa perfusion. J'ai inséré les ampoules dans la pompe et réglé le débit. J'ai glissé la commande dans sa main. J'ai posé son index, qui avait encore un peu de force, sur le contact.

Une heure plus tard, il n'avait toujours pas actionné la commande.

Il était angoissé. Je n'étais pas étonné mais il ne comprenait pas pourquoi : il avait pourtant bien réfléchi, il était décidé. Il n'avait pas peur de mourir, il l'a répété à plusieurs reprises, mais il était arrêté par quelque chose qu'il n'arrivait pas à formuler.

Son angoisse m'a fait peur.
J'ai voulu lui donner un tranquillisant, mais il a refusé. Il ne voulait pas s'assoupir.
Il voulait parler.

« Mes cahiers. »
Je les ai sortis du tiroir.
« Écris. »
Il m'a raconté la suite de son histoire. Celle qu'il ne voulait raconter à personne et qu'il m'avait fait lire. Celle qu'il n'avait pas terminée.

J'avais perdu l'habitude d'écrire. Mes lettres étaient trop grosses, je traçais lentement.

Il racontait, et j'aurais juré que sa voix était plus forte. Au début, son récit était haché et presque frénétique. Il luttait contre le temps. Il racontait une histoire dont je ne connaissais pas les lieux et les personnages, à laquelle je ne comprenais pas tout, mais je ne voulais pas le faire répéter de peur de l'épuiser, alors j'écrivais, j'écrivais aussi vite que je pouvais. Quand il manquait de souffle, je rattrapais mon retard.

J'étais trop ému par sa demande pour penser qu'il me suffisait de l'écouter, et de retranscrire ses paroles plus tard.

À mesure que j'écrivais, j'entendais son souffle se faire plus régulier. Au début, il me regardait griffonner avec inquiétude ; à présent, il fermait les yeux. Son récit se déroulait sans mal, ses paroles flottaient. Il n'était plus dans l'urgence. Il n'était plus dans l'angoisse. Il savait que je serais là jusqu'à ses derniers mots.

J'ai écrit si longtemps que nous sommes arrivés à la fin du petit cahier noir. Il en avait acheté d'autres. J'en ai rempli un de plus avant qu'il ne s'arrête.

« Voilà, j'ai fini. »

J'ai posé le cahier, le stylo. J'ai regardé André sans rien dire. Il avait gardé les yeux fermés.

Il n'a rien dit de plus pendant un long moment.

Finalement, il a ouvert les yeux brièvement, une dernière fois, et murmuré : « Merci. »

J'ai entendu le bip de la pompe qui se mettait en marche.

Longtemps après, en retirant la perfusion de son bras j'ai pensé qu'il avait raison.

Ça s'était bien passé.

Je ne ressentais pas de remords ou de culpabilité, au contraire. Je suis resté pour attendre et accueillir sa femme et ses enfants à leur retour, pour les accompagner dans leur chagrin et leur dire, comme André me l'avait demandé, qu'il était parti paisiblement, dans son sommeil.

Sa femme m'a remercié de l'avoir laissé s'endormir. Et d'avoir été là.

*

Oui, ça s'était bien passé.

Mais il m'avait laissé cinq cahiers, en partie rédigés de ma main, sans me dire ce que je devais en faire.

Je n'allais pas les remettre dans le tiroir.

Alors, je les ai emportés.

Le lendemain, j'ai appelé l'Unité pour dire que j'étais souffrant. Une grippe quelconque. Je ne pouvais pas aller contaminer l'équipe et les patients.

J'ai relu les cahiers d'André. Ceux qu'il avait écrits, et ceux qu'il m'avait dictés. Je ne savais pas quoi en faire. Je ne voulais pas les détruire. Je ne voulais pas les garder non plus.

Finalement, je les ai rangés entre deux livres, sur une de mes étagères.

La semaine suivante, je suis retourné à l'Unité de la douleur.

Je suis reparti faire le tour des services, des patients prostrés, des soignants pétrifiés par leur sentiment d'échec.

Je ne voulais plus penser à André et à cette journée. Je ne voulais plus penser aux questions sans réponse que j'avais griffonnées puis enfouies. Je voulais mettre ça derrière moi.

Pendant quelques semaines, j'ai pensé que ce serait possible.

Je n'étais pas tranquille. Je n'avais pas peur qu'on apprenne ce que j'avais fait, qu'on m'empêche d'exercer ou qu'on me mette en prison – je savais que la famille d'André ne ferait rien en ce sens.

Ma gêne était tout autre. Je me sentais chargé d'une mission qui n'était pas la mienne. Ces cahiers qu'André avait remplis, et que j'avais fini de remplir pour lui, à qui étaient-ils destinés ? Il me les avait fait lire pour me convaincre de l'assister, mais ils n'avaient pas été écrits pour cela.

Les jours passaient, je faisais mon travail. Souvent, le soir, je terminais tard, je rentrais fatigué, je lâchais mon sac, je m'affalais dans le canapé, j'allumais l'écran, je somnolais devant des images qui ne me disaient rien, je me redressais au milieu de la nuit, je me traînais jusqu'à mon lit, je m'endormais tout habillé.

Au matin, je me levais avec difficulté, je me douchais sommairement, je sortais du panier une chemise froissée mais propre, je retournais travailler.

Maintenant que j'y pense, c'est après la mort d'André que je me suis laissé pousser la barbe. Je l'ai rasée ce matin.

Un soir, alors que j'allais quitter l'Unité, le téléphone a sonné.

J'étais seul, j'ai pensé : si tard, c'est certainement urgent.

C'était la voix d'un homme à bout de souffle. Il ne s'est pas présenté. Il a demandé si je pouvais venir le voir sur-le-champ. Il avait besoin de mon aide. Avant que je ne réponde, il a ajouté : « L'épouse d'André m'a dit comment vous joindre. »

Quand je suis entré, j'ai été surpris de le voir si jeune. Il devait avoir quarante-cinq ans, mais au téléphone j'avais cru avoir affaire à un vieillard. Il était assis sur le lit de la chambre d'hôtel. Un flacon de sérum physiologique pendu à un pied chromé se déversait goutte à goutte dans une des veines de son bras. Il portait un masque relié à une bouteille d'oxygène posée près de lui sur la couverture. Les vaisseaux de son cou étaient dilatés, ses narines vibraient, ses pieds nus étaient gonflés. Il avait beaucoup de mal à respirer.

Mais, même allongé, il avait la silhouette d'un sprinteur.

Il avait été l'élève d'André, quinze ans plus tôt. Après avoir participé à de nombreuses compétitions universitaires, il s'était spécialisé en cardiologie et en médecine du sport.

Un jour, en gravissant un escalier, il avait fait une crise cardiaque.

On l'avait emmené à l'hôpital le plus proche, et là les médecins avaient découvert qu'il souffrait d'un infarctus étendu. Les trois quarts de son cœur étaient foutus. Il pouvait mourir d'un jour à l'autre.

Ils l'avaient mis immédiatement sur la liste des receveurs. Comme il était médecin, on avait fait des pieds et des mains pour lui trouver très vite un cœur.

Quelques jours plus tard, on en avait un.

Mais la veille de la greffe, il avait quitté le centre sans prévenir. Il n'était pas rentré chez lui. Il n'avait pas prévenu sa femme. Il avait pris une chambre dans un hôtel où personne n'aurait idée de le chercher. Il s'y trouvait depuis trois jours quand il a décidé de m'appeler.

D'abord, j'ai cru qu'il voulait que je le soigne. Depuis que je travaillais à l'Unité de la douleur, j'avais pris l'habitude de ne pas poser de questions : trop de patients souffraient d'être interrogés sans relâche – par les médecins, la famille, les visiteurs bien ou mal venus.

Je me suis assis sur le lit, près de lui, j'ai posé une main sur son bras et de l'autre j'ai désigné son thorax oppressé, ses jambes gorgées d'œdème.
« Qu'est-ce qui vous fait le plus souffrir ? »
Il a dégluti difficilement et m'a répondu :
« L'idée de rentrer chez moi. »

J'ai attendu un long moment, mais il ne disait rien.
Il a désigné la sacoche que j'avais posée sur la table avant de m'asseoir près de lui. Il m'a demandé ce que j'avais dedans.
« Tout ce dont j'ai besoin au cours de mes tournées.
– Pour la douleur... »
Ce n'était pas une question. Il a tourné les yeux vers la fenêtre.
« Alors, vous avez tout ce qu'il faut. »

Je n'ai rien dit.

« Je sais que je vous demande beaucoup. Et je ne suis pas un de vos amis, comme André. Mais j'ai de l'argent. » Il a désigné un sac de sport posé sur un fauteuil, m'a demandé de l'ouvrir. Il y avait dedans deux grosses liasses de billets neufs. J'ai refermé le sac sans y toucher.

Cette fois-ci, je n'ai pas demandé : « Pourquoi moi ? » La réponse me semblait douloureusement claire. Mais j'avais décidé d'être de ceux qui soulagent les souffrances ; je n'avais pas vocation à y mettre fin.

Je me suis assis près de lui, une nouvelle fois, et j'ai réfléchi un long moment.
« Laissez-moi d'abord vous soulager. Vous voulez bien ? »
Il allait trop mal pour refuser.
J'ai installé une pompe pour lui passer des diurétiques et réduire son œdème pulmonaire. Au bout d'une demi-heure, il s'était mis à pisser les litres d'eau qui l'étouffaient, il allait déjà mieux. Je faisais l'aller et retour sans arrêt du lit à la salle de bains avec le récipient dans lequel il urinait.
Il ne se noyait plus. Il respirait plus librement, son cœur s'était ralenti.
Quand il s'est senti mieux, je me suis assis près de lui, de nouveau.
« J'ai besoin d'un peu de temps. Pour... réfléchir à ce que vous m'avez demandé. »

J'ai souri, mais ce n'était pas drôle.
« Combien de temps ?
— Juste une nuit. »
J'ai proposé de rester avec lui ou d'appeler quelqu'un pour qu'il ne soit pas seul pendant la nuit, mais il a refusé. Il avait peur que sa famille le découvre. Je n'ai pas demandé pourquoi il se cachait. Je n'ai pas demandé pourquoi il avait refusé de se faire greffer.
J'ai promis de revenir le lendemain en soirée, après avoir quitté l'Unité. D'ici là, il pouvait m'appeler à toute heure.
Au moment où j'allais partir, il m'a dit qu'il était inquiet à l'idée que je ne revienne pas. Je l'ai assuré qu'il me reverrait, quoi qu'il arrive.
En le quittant, j'ai espéré qu'il reviendrait sur sa décision. Mais je savais, au fond, qu'il ne changerait pas d'avis. J'avais lu dans ses yeux, quand il m'avait exprimé son souhait, qu'il ne fuyait pas la greffe, ni l'hôpital. Il fuyait sa vie. Et il n'avait pas d'autre issue.

★

En sortant de l'hôtel, j'envisageais de prévenir sa famille. Je me suis demandé s'il avait toute sa raison, si son refus soudain de se faire greffer n'était pas un symptôme. Je suis rentré chez moi et je suis resté longtemps assis à mon bureau, à repasser dans ma tête tout ce que j'avais vu, tout ce qu'il m'avait dit. J'étais ébranlé par sa décision, mais rien dans son comportement ne me donnait à penser qu'il avait perdu pied, et qu'il était confus.

Pourtant, je n'étais pas sûr de moi.

Je n'avais pas peur des conséquences, et j'acceptais les risques. Mais je pensais à sa famille. Dans quelle angoisse se trouvait-elle en ce moment ? Quelles souffrances sa disparition allait-elle provoquer ?

Je ne suis pas allé plus loin. C'est lui qui avait fait appel à moi, pas eux. Je ne pouvais pas m'occuper de tout le monde. Je n'étais pas leur arbitre. Je n'étais pas son juge.

Je devais juste décider si j'étais, ou non, prêt à l'assister.

★

J'y suis retourné à l'heure dite. Il a souri en voyant que j'avais ma sacoche à la main. Et son sourire s'est éteint, peut-être en pensant que ça ne signifiait rien – je sortais de l'hôpital.

J'ai ôté mon manteau, posé la sacoche près du lit, et je me suis assis près de lui.

« C'est d'accord. Mais je ne veux pas de votre argent. »

Il m'a pris les mains.

« Mais vous ne pouvez pas faire ça pour rien. Que puis-je vous donner... pour votre peine ? »

L'expression m'a surpris. J'ai hésité.

« Je vous assiste librement. Vous ne me devez rien. »

Il a réfléchi un long moment.

« Comment... est-ce qu'on procède ? »

Je lui ai expliqué les effets des drogues, le fonctionnement de la pompe.

« Je voudrais que vous restiez avec moi jusqu'à ce que ce soit fini.

– Bien sûr. Je comprends.

– Je n'ai pas peur de rester seul. Mais je veux vous dire pourquoi je m'en vais. Il faut que quelqu'un sache. »

*

Quand tout a été terminé, j'ai débranché la pompe et la perfusion, j'ai retiré le pyjama souillé et, après avoir lavé le corps, je lui ai mis les vêtements propres qui se trouvaient dans son sac. J'ai enfermé le pyjama dans un sac-poubelle, les liasses de billets dans un autre, le tout au fond du sac de sport.

Ce n'était pas très raisonnable d'agir ainsi, mais j'avais mis des gants. Je ne voulais pas courir le risque que les billets soient subtilisés avant que la police les découvre. Elle n'aurait pas de mal à vérifier qu'il les avait sortis de la banque lui-même.

Je suis rentré chez moi et, pendant la nuit, j'ai retranscrit ce qu'il m'avait raconté, je vais vous le lire… Excusez-moi, je voudrais remette la main sur son cahier, mais ils sont tous identiques… Ah, le voilà.

J'étais un médecin respecté, j'avançais sans effort dans la vie, j'avais tout ce que j'avais désiré. Une carrière, de l'argent, la vie devant moi. Une épouse belle, intelligente, amoureuse. Des enfants en bonne santé. Un vrai conte de fées.

Lorsqu'on m'a nommé chef de service, les industriels ont vu en moi un excellent porte-parole. Je suis vite devenu un orateur demandé. On me donnait des sommes considérables pour lire une présentation dans un colloque ou pour signer un article, tous deux rédigés par un département marketing. Je n'y voyais pas d'inconvénient : j'étais le plus souvent d'accord avec ce que j'y lisais. Je pensais que tous les médecins gardaient, comme moi, leur libre arbitre, leur sens critique face aux discours ambigus.

Bientôt, j'ai gagné beaucoup plus d'argent en récitant

des mots écrits par quelqu'un d'autre, qu'en soignant des malades.

Mais tous les malades soignés dans mon service valaient bien l'argent qu'on me donnait. Un médecin, tout le monde en a besoin. Il est normal qu'on le gratifie à la mesure du bien qu'il fait aux autres.

Et puis, un matin, comme beaucoup d'autres matins, je suis allé donner une conférence. Je n'avais pas prévu d'aller au repas de midi, très formel, organisé par une société privée pour fêter son dirigeant. Mais les organisateurs du congrès ont insisté pour que j'y sois présent. Et si je voulais dire quelques mots, lever mon verre en hommage à celui qu'on célébrait, cela serait **grandement** apprécié.

J'ai vu là une occasion supplémentaire d'offrir des vacances à mes enfants, des bijoux à ma femme, de m'acheter des clubs de golf. J'ai accepté.

Je suis entré dans la boutique de l'hôtel où se tenait le congrès.

Cet hôtel-ci.

Je cherchais une cravate.

J'en ai pris une, sans regarder.

J'ai voulu payer mais la vendeuse était occupée avec un autre client.

Une femme essayait les bagues fantaisie les unes après les autres.

Elle a vu que je trépignais en attendant la vendeuse. Mon regard a croisé le sien. Elle a désigné la cravate, fermé les yeux et fait « non » de la tête.

« Pardon ?

– Elle est hideuse. »

De quoi se mêlait-elle ?

« Je m'en fous, c'est seulement pour aujourd'hui.

– Vous n'allez pas mettre ça ! »

Son aplomb m'a agacé.

« Ah, bon, pourquoi ?

– Vous allez peut-être croiser la femme de votre vie. Ce serait dommage de gâcher la première rencontre. »

Ça m'a coupé le souffle. Jamais une femme ne m'avait parlé ainsi, avec cette assurance. Avec ce sourire insolent.

J'ai raccroché la cravate.

Elle a désigné le sigle du congrès.

« Vous êtes là pour ça ?

– Oui. Vous aussi ?

– Non, je suis juste venue apporter un document à l'un des congressistes. »

Elle portait, accroché à son sac, le badge d'une organisation caritative. Et un porte-clés orné d'un prénom : Rachel.

Elle ne s'appelait pas vraiment Rachel. J'ai toujours changé les noms.

…Et un porte-clés orné d'un prénom : Rachel.
« Ah. Vous n'assistez pas aux conférences, alors ? Dommage…
– Pourquoi ? Vous auriez voulu que je vienne écouter vos mensonges à cinq mille dollars la minute ? »
Le ton était toujours aussi insolent, mais son sourire avait changé. À présent, elle se mordait délicatement la lèvre.
J'ai rougi, je n'ai pas répondu, je l'ai saluée maladroitement et je suis sorti.
Quand je suis monté sur la scène, une demi-heure plus tard, Rachel était assise au beau milieu de la salle. Elle ne m'a pas quitté des yeux pendant ma présentation. Elle n'a pas cessé de faire « non » de la tête, et de prononcer silencieusement deux mots, à plusieurs reprises. Lorsque j'ai fini par comprendre qu'elle disait : « Tu mens », je me suis arrêté.
J'ai scruté la salle.
Tout le monde me regardait, surpris.
J'ai regardé Rachel. Elle a incliné la tête comme pour me dire : « Continue. »
J'ai eu beaucoup de mal à finir. Elle n'a plus rien dit, mais elle n'a pas cessé de me regarder.

J'essayais de lire dans ses yeux, mais je ne parvenais pas à y voir autre chose qu'un mélange de tristesse et de colère.

Pendant la période de questions, elle s'est levée et elle a gagné la sortie. Elle a franchi la porte sans se retourner.

Quand on m'a libéré, je me suis précipité hors de la salle.

Elle attendait debout dans le hall, son sac en bandoulière, les mains derrière le dos, comme une adolescente attend un garçon à la sortie du lycée. Sans un mot, nous avons quitté l'hôtel.

Je n'ai pas participé au repas. J'ai passé avec elle le reste de la journée et la soirée aussi, jusque tard dans la nuit.

Du jour où je l'ai rencontrée, ma vie a changé de couleur. Les repas n'avaient plus de goût. Les vêtements sont devenus inconfortables. Mon travail m'a pesé. Ma famille, encore plus.

Je me rendais compte, peu à peu, que je n'étais pas heureux.

Tout me semblait futile, vide et dénué de sens.

Rachel n'avait pas le centième de ce que j'avais. J'ai voulu lui faire des cadeaux, mais elle n'en voulait pas. Elle ne voulait que moi, et tout ce que j'avais lui faisait horreur. L'argent que je gagnais, disait-elle, était de l'argent volé, de l'argent sale. Et je contribuais à le blanchir.

D'abord, je me suis violemment défendu. Comment pouvait-elle me juger ? Comment pouvait-elle me reprocher de faire tout ce que je pouvais pour ma famille ? Comment pouvait-elle me reprocher de soigner et de sauver des vies ?

Je la quittais. Elle ne me retenait pas.

Mais bientôt, j'avais mal, elle me manquait, je la rappelais, et elle me disait : « Viens. » Ou alors, sans même la prévenir je me rendais chez elle et, chaque fois, elle m'ouvrait sa porte et ses bras.

Je ne comprenais pas qu'elle me veuille et me rejette, presque en même temps.

Je lui disais qu'elle était folle.

Elle répondait que je devais me regarder dans la glace.

Je l'ai fait, et j'ai eu honte. Je me suis mis à refuser les articles commandités, beaucoup d'invitations, un grand nombre de congrès. Je disais que j'y allais, mais en réalité j'allais la retrouver. Et j'ai réalisé combien j'étais devenu dépendant. L'argent qui coulait à flots lorsque je vendais mon image et mon influence, ma famille le dépensait largement. Mais le flot se tarissait. Tout le monde se demandait ce qui m'arrivait. Je me suis mis à travailler deux fois plus. Je me suis mis à fumer. Beaucoup. Je n'ai réussi ni à gagner autant d'argent qu'avant, ni à apaiser mon sentiment de culpabilité.

Rachel me voyait souffrir, mais elle ne disait rien. Elle voulait que je trouve ma réponse seul. Un jour, elle m'a dit qu'elle avait besoin de respirer, elle m'a demandé de ne pas l'appeler, de ne pas venir la voir. Elle me ferait signe quand ça irait mieux.

J'ai cru que je ne la reverrais jamais. Elle m'a rappelé au bout de deux jours, elle n'y tenait plus. Elle avait besoin de moi autant que j'avais besoin d'elle. Mais périodiquement elle me coupait de sa vie. Et au fil des mois, chaque fois qu'elle avait besoin de changer d'air, ça durait un peu plus longtemps.

La dernière fois, ça a duré un mois.

Autour de moi, tout se fissurait. Je ne parvenais pas à expliquer à ma famille pourquoi je me comportais différemment. Pourquoi les comptes en banque menaçaient peu à peu d'être à sec. Pourquoi je refusais désormais de polluer avec trois voitures, d'exploiter des esclaves, de dépenser des sommes inconsidérées en vêtements et en vins.

Un jour, le représentant d'un industriel m'a proposé de diriger un congrès à bord d'un bateau de croisière. Pendant six jours, entre deux séances de massage avec prestations spéciales et de bronzage autour de la piscine, je devais laver le cerveau de plusieurs centaines de cardiologues du monde entier et leur faire gober, de surcroît, qu'un médicament nouveau-né, prescrit à tous les hommes de plus de quarante ans, en ferait des centenaires.

Je n'ai pas su quoi répondre.

Je me suis excusé, je suis sorti dans le couloir et j'ai appelé Rachel. Je suis tombé sur sa boîte vocale. J'ai attendu la fin du message d'accueil, mais au moment de parler je n'ai rien dit. Elle avait toujours insisté pour que je ne l'appelle pas quand elle me battait froid. J'avais enfreint la règle.

Je suis retourné dans mon bureau.

« Je dois vérifier avec ma femme si je suis libre aux dates prévues. Quels honoraires pensiez-vous…

– Nous espérions que vous en fixeriez vous-même le montant. »

J'ai inscrit une somme colossale sur un bout de papier. Il n'a pas sourcillé.

« Je vous appelle demain pour confirmer les dates. J'espère que vous serez des nôtres. »

Toute la nuit, j'ai attendu que Rachel me fasse signe. Le lendemain matin, à la première heure, le représentant du labo a appelé. J'ai confirmé ma participation.

Une heure plus tard, j'ai reçu dans mon service un homme de soixante ans qui venait de faire un accident vasculaire cérébral. Il était dans le coma, il avait peu de chances de s'en sortir. Pendant que je l'examinais, son épouse se tenait à distance, muette, le visage crispé, le regard dur de reproches. Quand je lui ai dit qu'elle pouvait s'approcher, elle n'a pas bougé.

Je suis sorti.

En m'approchant du poste des infirmières, j'ai entendu une femme prononcer le nom du patient. Elle semblait paralysée d'angoisse. Je me suis présenté, je lui ai demandé si elle était de la famille.

« Je suis sa belle-sœur. »

Je l'ai guidée vers la chambre, mais elle s'est arrêtée sur le seuil.

Elle a murmuré quelque chose que j'ai entendu sans comprendre.

Elle s'est détournée, m'a remercié et a quitté le service, des larmes plein les yeux. Par la porte grande ouverte, j'ai vu que l'épouse se tenait toujours immobile, à deux mètres de l'homme inconscient branché sur le respirateur.

Et brusquement, j'ai compris ce qu'avait murmuré la femme en pleurs.

« Ce n'est plus lui. »

Je suis allé poser le dossier et donner mes prescriptions aux infirmières. De mon bureau, j'ai appelé mon assistant pour lui demander de prendre le relais : je devais m'absenter.

J'avais décidé de rentrer chez moi, de faire ma valise et d'aller retrouver Rachel, une fois pour toutes. Quand j'ai saisi mon blouson, mes clés de voiture sont tombées de la poche. Je les ai ramassées et je les ai déposées sur le bureau. En sortant de l'hôpital, j'avais le cœur léger, j'ai vu arriver, de loin, une rame du métro aérien. J'ai traversé l'avenue en courant, j'ai bondi par-dessus le tourniquet de l'entrée, j'ai grimpé quatre à quatre les marches de l'escalator.

Arrivé en haut, j'ai senti ma poitrine exploser.

★

Comme j'avais eu mon infarctus à deux pas de l'hôpital, j'ai été admis dans mon propre service. Mes assistants et mes infirmières ont tenté de me cacher la gravité de mon état, mais j'avais le scope sous le nez. Je savais ce qu'il en était.

Prévenue par le service, ma famille est arrivée dans l'heure. Pendant un des rares moments où mon épouse ou l'un de mes enfants n'étaient pas dans la chambre, j'ai appelé Rachel. Je suis tombé sur sa messagerie.

J'ai parlé très vite, de peur qu'on me surprenne, pour lui dire qu'elle ne s'inquiète pas, que j'étais coincé à l'hôpital pour un moment mais que ça allait, j'étais vivant, j'allais m'en sortir, j'avais envie de la voir, elle me manquait. Je ne lui ai pas dit que ça m'était arrivé en allant la rejoindre, je ne voulais pas qu'elle se sente coupable, mais j'ai dit que dès que je serais debout j'irais vivre avec elle que j'en avais assez d'être coupé en deux.

La femme en pleurs m'avait ouvert les yeux à ce que Rachel me répétait depuis deux ans, je n'allais plus les refermer.

Et puis mon assistant est entré avec mon épouse pour m'annoncer ce que je savais déjà : mon cœur était complètement esquinté ; j'avais besoin d'une greffe.

Mon assistant m'a rassuré : on allait me faire passer au sommet de la liste.

Je savais que ce n'était pas juste, que c'était de nouveau un privilège insensé, insupportable, mais c'était aussi la seule solution. Ma seule chance de sortir de cette vie et de retrouver la femme que j'aimais.

Trois jours ont passé. Rachel n'est pas venue. Elle n'a pas appelé. Elle n'a pas laissé de message.

J'avais tout raté. Lorsque j'avais enfin compris ce qu'elle avait voulu me dire, il était déjà trop tard. Elle en avait eu assez d'attendre que je comprenne. J'ai entendu sa voix me dire : « Ton cœur a pris la décision pour toi. »
Le ciel me tombait sur la tête. Je me suis senti brusquement dégrisé. Je risquais d'attendre des semaines, des mois, avant qu'on me trouve un greffon. Et de mourir dix fois avant de le recevoir. Je connaissais mes collègues, ils n'allaient pas me laisser partir comme ça. Ils pouvaient décider de me brancher sur un cœur artificiel expérimental et je me retrouverais attaché à une machine pendant des mois, peut-être des années. Plusieurs fois j'ai eu envie d'arracher mes perfusions ou de subtiliser une ampoule de potassium afin d'en finir. Mais je voulais revoir Rachel.
Quelques jours plus tard, mon assistant est entré, le visage radieux, me dire qu'ils avaient un greffon. Un piéton renversé par une voiture. Pas de famille, son nom était inscrit au registre des donneurs, et comme tout l'hôpital était au courant de ma situation, il avait appris que le cœur était disponible, et le profil immunitaire compatible avec le mien.
Il avait l'air beaucoup plus content de lui que soulagé pour moi.
Il a posé paternellement la main sur mon épaule.

« J'ai fait le nécessaire pour qu'on vous l'attribue. »
Il avait déjà pris en main la direction du service. À présent, il se sentait dépositaire de ma vie.
J'ai souri.
Il a pris ce sourire pour de la reconnaissance.
Mais ce n'était pas ça : j'étais soulagé. Je me suis dit : avec un nouveau cœur, je pourrai partir à sa recherche.
Je l'ai remercié chaleureusement.
Il a hoché la tête.
« C'est bien naturel. »
Il y avait de la condescendance dans sa voix.
« On m'a demandé de vous remplacer pendant la croisière. J'espère que ça ne vous ennuie pas... »
L'effort qu'il faisait pour masquer son excitation m'a fait sourire encore plus.
« Cette croisière n'était pas inscrite à mon horoscope. Et puis... je suis certain que vous ferez ça très bien. »
Il n'a pas entendu l'ironie, il a pris ça pour un compliment.
Il m'a tapoté une nouvelle fois l'épaule.
« Je ne crois pas aux horoscopes, mais vous avez une chance insensée. Vous faites un infarctus le matin en allant prendre le métro, et le soir, en sortant de la même station pour venir voir quelqu'un à l'hôpital, cette femme traverse la rue sans regarder.

– Quelle femme ?
– Celle qui s'est fait renverser. Celle qui vous donne son cœur. »

Voilà. Je vous ai lu cette histoire parce que j'avais envie de retrouver sa voix.

J'espère que je suis parvenu à vous la faire entendre.

Il fait un peu sombre, je trouve. J'aimerais qu'on aille s'asseoir sur le perron, la lumière est belle, en fin d'après-midi. J'y verrai mieux pour lire. Ça ne vous ennuie pas ?

Voulez-vous une autre tasse de café ? De toute manière, je vais m'en refaire.

J'en ai toujours beaucoup bu.

Ça ne m'a jamais empêché de dormir.

Bien sûr, à mon âge, je ne dors plus beaucoup, mais toute ma vie il m'a suffi de m'allonger pour m'endormir en une seconde.

Ça surprenait Nora de me voir me coucher et m'endormir comme ça, après avoir passé des heures à assister quelqu'un. Elle disait que ça la mettait mal à l'aise. Que ça aurait dû me faire quelque chose.

Ça me faisait quelque chose quand j'étais avec eux. Après, je n'avais qu'une hâte : rentrer ici et transcrire ce qu'ils m'avaient dit.

Je ne le faisais pas en leur présence. André a été le seul. Les autres... ils n'ont pas su que je transcrirais leurs paroles.

Je n'ai pas décidé de le faire, c'est venu comme ça. Le jour où j'ai accompagné l'homme au cœur brisé.

Il ne m'avait rien demandé.

Mais je ne pouvais pas me contenter d'écouter son histoire sans rien faire.

Je ne sais pas si vous comprenez.

Je crois qu'elle avait compris.

Je ne le saurai jamais.

Asseyons-nous ici, si vous voulez bien.

Ça fait longtemps que je ne me suis pas installé ici pour parler.

Pas depuis que Nora est partie. La deuxième fois.

Je ne vous ai même pas encore parlé de la première.

Il s'est passé tant d'autres choses avant que je la rencontre.

Je ne vais pas pouvoir tout raconter, ça prendrait une vie entière. Enfin, longtemps. Et ce n'est pas nécessaire, tout est dans les cahiers.

Je ne sais pas combien de temps j'ai passé à retranscrire des histoires. Plus de temps que je n'en ai passé à assister, je pense.

Bien sûr, ça n'a plus d'importance aujourd'hui, mais je tiens à vous le dire : assister ceux qui voulaient partir, ce n'était pas ma vocation. Depuis que la loi a changé, on m'a souvent proposé de raconter comment j'avais trouvé le courage de prendre ce risque, pendant tant d'années. On m'a proposé de donner des conférences, de parler de mon engagement.

J'ai toujours refusé. Ça n'avait pas de sens. Je ne m'étais pas engagé. Je n'ai jamais fait ça par conviction. Ce n'est pas moi qui ai choisi d'assister ces hommes.

Ils m'ont choisi, eux.

Je dis ces hommes parce qu'il n'y a eu que des hommes. Enfin, pas tout à fait mais presque. Très peu de femmes.

Les femmes, voyez-vous, j'ai le sentiment qu'elles ont toujours de bonnes raisons de tenir bon, de s'accrocher. Tandis que les hommes, quand plus rien n'a de sens, ils lâchent prise.

Quand ils endurent, c'est parce qu'on les retient. Une femme les retient. Ou l'image qu'ils aimaient donner d'eux à cette femme.

Mais quand ils ont le sentiment de n'être plus qu'un sac d'os, de branches brisées, de racines sèches, ils s'inventent un baroud d'honneur.

C'est le dernier signe qu'ils ont prise sur leur vie.

Enfin, c'est ce que je ressens, chaque fois que je relis les cahiers.

Je les ai tous relus. Certains, plusieurs fois. Je finissais de transcrire une histoire, et j'étais épuisé, je me couchais, je m'endormais. Je me réveillais quelques heures plus tard, au milieu de la nuit ou au petit matin, et j'avais envie de la relire, ou d'en relire une autre, qui m'était revenue dans mes rêves.

Mais comme je ne les ai jamais archivés, il me fallait parfois plusieurs heures pour retrouver celui que je cherchais.

Et en les relisant, je me suis rendu compte que, pendant toutes ces années, je n'ai pratiquement assisté que des hommes. Des femmes m'ont appelé, mais très souvent ça n'allait pas plus loin que la première rencontre.

Je croyais qu'André serait le seul.
Et puis l'homme au cœur brisé m'a appelé.
Après lui, j'ai pensé que c'en était fini.
J'avais tort.
Il y en a eu d'autres. Et puis d'autres encore.
Je me suis souvent demandé comment ils s'étaient passé le mot.

La femme d'André a parlé à l'homme au cœur brisé parce qu'elle le connaissait bien : il avait été un élève de son mari. Elle avait sûrement de l'affection pour lui. Il devait avoir une grande confiance en elle pour l'appeler de l'hôtel alors qu'il se cachait de sa famille. Je ne sais pas s'il lui a raconté son histoire. Je ne sais pas s'il lui a parlé de Rachel. Elle a sans doute décidé de lui donner mon nom en entendant sa souffrance.

Je comprends.

Ça ne me choque pas, au contraire.

Mais ça n'explique pas que d'autres m'aient appelé par la suite.

Ça se déroulait toujours de la même manière. Une voix appelait sur mon cellulaire, tard le soir ou tôt le matin. Elle demandait à me rencontrer en tête-à-tête. Et donnait la phrase rituelle :

« En souvenir d'André. »

Je me rendais à l'adresse indiquée, et là je rencontrais un homme, parfois seul, parfois avec une autre personne, de son âge ou plus jeune. On ne faisait pas de présentations. Ils connaissaient mon nom, ils m'avaient donné leur prénom. Lorsque le malade souffrait trop, l'autre personne était là pour m'expliquer. Je l'arrêtais très vite.

« Je vais d'abord m'occuper de la douleur. »

Une fois soulagés, ils pouvaient exprimer leur souhait.

Pour certains, l'entrevue se limitait à ça : ils ne voulaient plus avoir mal et lorsqu'ils n'avaient plus mal, ils se remettaient à sourire, à recevoir des visiteurs, à jouer aux cartes ou aux échecs avec leurs vieux copains ou leurs petits-enfants. À lire. Ils retrouvaient une vie de relation. Ils ne demandaient rien de plus. Ils s'étonnaient que personne avant moi ne soit parvenu à les aider. Est-ce je disposais de médicaments... ou de... *pouvoirs* particuliers ?

Ce que j'avais dans ma sacoche, tous les médecins y avaient accès. Mais beaucoup avaient peur. De quoi ? Je ne sais pas. D'être trop puissants ? De dépasser leur but ? Quelle blague. Quelle illusion. Quelle vanité.

La douleur précipite dans un cercle vicieux. La morphine amorce un cercle vertueux. Dès qu'un homme souffre moins, son angoisse diminue. Et, parce qu'il a moins peur, il souffre moins.

Je n'ai jamais eu peur de *trop* soulager. Quand la douleur est intolérable, personne ne doit la tolérer.

J'indiquais comment maintenir le même niveau de confort. J'anticipais le moment où la douleur réapparaîtrait, je laissais les substances et les prescriptions nécessaires, j'expliquais comment les adapter. Le plus souvent on ne me rappelait pas.

Quand on n'a plus mal, on peut continuer à vivre.

Certains n'avaient pas mal, mais ils souffraient beaucoup. Ce n'était plus la douleur physique ou morale. C'était cet état que ni les antalgiques ni les antidépresseurs ne parvenaient à lever.

Ce qui les avait soutenus jusque-là – un projet, un espoir, une date à atteindre – n'avait plus d'objet.

Ils ne se sentaient plus concernés par rien, mais ils avaient peine à entendre leur femme, leurs enfants, les haranguer pour leur remonter le moral, pleurer pour les apitoyer, crier pour les secouer. Ils n'étaient pas indifférents, ils étaient fatigués.

Ceux-là me demandaient de revenir.

J'allais les voir une fois, deux fois, trois fois ; nous prenions tout notre temps. Rien ne pressait, jamais.

Je devenais un familier aux yeux de l'entourage. J'étais le médecin-de-la-douleur. Personne ne s'étonnait, personne ne s'inquiétait de ma présence.

Quand ils n'avaient plus mal, ou beaucoup moins, ils avaient toujours des questions.

Ils disaient : « Est-ce que vous me comprenez ? Est-ce que je suis égoïste ? Est-ce que ce serait mal de faire ça à ma compagne, à mes parents, à mes enfants ? Est-ce que j'ai tort de vouloir que ça cesse ? Est-ce que je suis lâche ? Est-ce que vous ne feriez pas la même chose, à ma place ? »

Et j'entendais : « Est-ce que vous me jugez ? »

Ça faisait bien longtemps que la question n'avait plus de sens : à mes yeux la souffrance abolit tout jugement.

Mais de toute manière, ils n'attendaient pas de réponse. Ils n'attendaient pas que je les réconforte ou que je les rassure.

Ils voulaient pouvoir compter sur moi.

Un jour, ils disaient : « Après-demain. » Ou : « Cette fin de semaine. »

Quelques jours auparavant, ils avaient trinqué avec des amis chers, des êtres qui comptaient, une femme aimée autrefois. Et ils avaient pensé : « C'est le moment. »

Je me rendais chez eux à l'heure de leur choix. Je pensais que tout était dit.

Je me trompais.

Au fil des années, ma sacoche s'est allégée. Je me suis débarrassé des pompes et des perfusions. Je ne transportais plus que des substances banales, d'usage quotidien.

J'avais passé beaucoup de temps à étudier les effets officiels des antalgiques. À présent, je connaissais aussi les effets inavoués de médicaments anodins, pour des doses de plus en plus faibles.

Quand j'arrivais au chevet d'un homme las, j'avais sur moi le strict nécessaire.

Je pouvais, sans grande difficulté et sans effet indésirable, dissiper sa peur, l'endormir doucement et baigner son cerveau dans une mer d'endorphines avant que son cœur ne s'arrête de battre.

Et surtout, à mesure que j'apprenais à entendre, je savais reconnaître si un homme était prêt.

Je ne crois pas au surnaturel. Je crois que cette vie est tout ce qui est, et qu'il n'y a rien d'autre. Lorsque les pensées s'arrêtent, tout s'arrête avec elles.

Mais sans croire à la magie ou aux phénomènes inexplicables, j'ai été témoin de choses étonnantes.

J'avais appris, à l'époque où des malades étaient maintenus en vie en même temps qu'on laissait la maladie les ronger, que beaucoup cessent de réagir, de parler, d'avoir le moindre souci ; ils perdent leurs contours et se décharnent ; leur corps se ralentit et on attend qu'il s'immobilise du jour au lendemain. Et puis, brusquement, ils ont un regain de vie. Un matin ils s'asseyent dans leur lit, ils se sentent mieux, ils ont faim, ils demandent à parler à leurs proches, ils plaisantent avec les soignants. On n'en croit pas ses yeux, on a le sentiment qu'il s'agit d'un miracle.

Bien sûr, il n'en est rien : parfois, au milieu des fragments calcinés d'un foyer, une brindille protégée par les cendres s'enflamme brusquement, comme si le feu renaissait.

Mais ça ne dure pas, de même pour les humains : quelques heures, une journée, tout au plus. Et quand cette journée se termine, ils se recouchent, un sourire content aux lèvres, et sombrent à nouveau, une fois pour toutes.

Pouvons-nous espérer que, dans leur état de semi-inconscience, ils ont senti venir ces heures et les saisissent pour en jouir une dernière fois ? Ou n'est-ce qu'un fantasme, une parcelle de réconfort supplémentaire, encore ?

Je n'en sais rien, et peu importe. Mais je m'en suis souvenu et c'est ainsi que je voyais alors, que je vois aujourd'hui les heures que des hommes trop douloureux me demandaient de passer avec eux.

Quelquefois, je leur demandais s'ils auraient préféré parler à quelqu'un d'autre. Ils m'ont tous répondu non, et j'aurais dû m'en douter : André m'avait choisi parce que j'étais, sinon un parfait étranger, du moins très éloigné de lui depuis longtemps. Ni lui, ni l'homme au cœur brisé, ni les hommes qui les ont suivis, ne voulaient se confier à un proche.

Les hommes qui m'appelaient *en souvenir d'André* savaient déjà presque tout de moi. Quelqu'un, je ne sais qui et je ne sais comment, leur avait expliqué qui j'étais et ce qu'ils pouvaient attendre de moi. Ils savaient que je serais disponible, que je trouverais le temps, qu'ils pourraient prendre le leur, que la décision leur appartenait, quoi qu'il arrive.

Que je ne les jugerais pas.

Qu'ils pouvaient me parler, avec moi leur secret serait en sécurité.

Et lorsqu'ils m'appelaient, ils étaient prêts, le plus souvent.

Beaucoup m'ont reçu et puis, après m'avoir demandé de revenir, se sont endormis tranquillement, sans m'attendre.

Et quand je sonnais à leur porte, la famille, les parents m'accueillaient, me remerciaient d'avoir apporté au disparu le réconfort dont il avait besoin.

Et me racontaient leurs histoires le jour même où il m'aurait peut-être confié les siennes.

Je ne comprenais pas pourquoi on me remerciait. Je remplissais seulement ma mission de soignant.

C'est Louise qui me l'a fait comprendre.

Je ne vous ai pas parlé de Louise.

Et bien sûr, je n'ai pas ses cahiers sous la main…

Vous n'allez pas trouver, moi seul pourrais les reconnaître, mais je n'ai pas envie de me lever. Il fait bon ici, juste comme j'aime.

Ce sera ma voix pour la sienne.

Vous sentez ce petit vent ? Il se lève toujours à cette heure-ci. J'entends la suspension tinter à la porte et je sais que vient l'heure de retrouver Nora...

Louise ne m'a pas appelé, c'est son fils qui l'a fait. Quelques mois après André et l'homme au cœur brisé.

Elle a tenu à se lever à mon entrée.

Je ne l'avais jamais rencontrée mais je l'ai reconnue.

Il y avait sur le tableau de transmissions, au centre d'avortements, une photo d'elle, prise le jour de son départ à la retraite : elle y était surveillante avant Mme Pujade. Certains médecins ne pouvaient pas travailler sans elle. Elle leur tenait la main en même temps qu'elle tenait celle des femmes. Elle guidait tout le monde.

Je ne connaissais d'elle que cette photo mais je l'ai reconnue à ses yeux.

Son visage rond de matrone avait fondu. Elle n'avait plus la force ou l'envie de cacher les trois cheveux qui lui restaient. Elle n'avait pas couvert sa tête.

Mais elle souriait.

Son fils l'a aidée à se rasseoir. Il est resté là, sans rien dire. Il n'osait pas bouger.

Elle a posé sa main sur la sienne.

« Le docteur et moi il faut qu'on parle. »

Il ne bougeait pas, elle a serré sa main pour lui dire « Va ». Il est sorti.

Pendant un long moment, elle n'a rien dit.

« J'aimais beaucoup André. » Elle a levé le pouce. « C'était un type *comme ça*. Un bon docteur. Vous saviez qu'il avait pratiqué des avortements tout jeune, quand il était étudiant, à l'époque où c'était encore interdit ?

– Non, je ne le savais pas.

– Sa femme m'a dit que vous étiez présent quand il est parti...

– Oui. »

Elle m'a regardé droit dans les yeux.

« Elle a trouvé qu'il avait l'air reposé, paisible.
– Oui, il s'est endormi calmement.
– Grâce à vous...
– Il m'avait demandé de lui tenir compagnie ce soir-là. »

Elle a hoché la tête.

« Voulez-vous me tenir compagnie, à moi aussi ? »

Je n'ai rien dit.

« J'ai annulé mes chimiothérapies. Je ne vais pas retourner à l'hôpital. J'en ai pour deux ou trois mois, tout au plus, avant d'être complètement incapable de m'occuper de moi-même. Et je ne veux pas que mon mari et mes enfants passent des semaines collés à mon lit lorsque je ne pourrai plus me lever, me tourner. Je ne veux pas qu'ils soient obligés de me nourrir à la petite cuillère et de nettoyer si je souille mes draps. Alors, je m'en irai avant. J'ai ce qu'il faut, je n'ai pas été infirmière de réanimation pour rien. Le jour venu... »

J'ai attendu la suite. Elle regardait ses mains, les frottait l'une contre l'autre délicatement comme si elle craignait qu'elles ne cassent.

La suite ne venait pas.

« Qu'attendez-vous de moi ?

– Que vous soyez là, le mardi soir, au moment où je m'endors.
– Vous pensez... vous en aller un mardi soir ?
– Non, mais c'est le soir où Bernard va jouer aux cartes avec ses trois meilleurs amis. Ils se connaissent depuis quarante ans. Cette partie de cartes, c'est un rituel. Ils ont toujours dit que la seule raison valable de la rater, c'était de mourir. En quarante ans, aucun d'eux n'en a jamais raté une. Pas même à cause d'un accident ou d'une opération : l'éclopé venait avec son plâtre ou les trois autres allaient jouer avec l'opéré dans sa chambre d'hôpital. Ils n'ont pas annulé une seule partie, pas même pendant la grande grève – ils étaient très jeunes mais ils jouaient déjà –, ni l'année de la tempête. Ni même quand l'une des femmes était sur le point d'accoucher. »

Elle a ri.

« On savait qu'il ne fallait pas accoucher un mardi. Ou alors, il fallait se mettre en travail *après* la partie de cartes. Et croyez-le ou pas, on l'a toutes fait ! Onze accouchements à nous cinq – l'un des quatre a été marié deux fois – et pas un seul le mardi... Depuis que je suis malade, le mardi soir, mon fils et ma fille se relaient pour passer la soirée avec moi jusqu'à ce que Bernard rentre. J'essaie de rester éveillée jusqu'à son retour, mais j'ai du mal. Je suis fatiguée. Et comme ils ont tous les deux peur que je meure brusquement, ils ne me lâchent pas d'une semelle. Dès que je m'assoupis, ils s'affolent, ils s'inquiètent, ils guettent ma respiration ! Le problème... vous allez trouver ça ridicule... c'est que j'ai l'habitude – enfin, ce n'est pas une habitude, je ne le fais pas exprès... –, au moment où je m'endors, de parler tout haut, de raconter des bêtises. Au début de mon mariage, ça m'a joué des tours. Je récapitulais ma journée, je parlais des gens que j'avais croisés, je disais pis que pendre de ma belle-mère... Le plus souvent, ça ne dure pas, je dis quelques mots, quelques phrases, mais parfois ça suffit pour semer le trouble. Mon mari me connaît, il a tout entendu, il est blindé. Mais je suis de plus en plus fatiguée... Vous devez penser que c'est ridicule. Mais vous imaginez ? Si je m'endors un soir devant mon fils ou ma fille, et si sans m'en rendre compte je laisse échapper... »

Elle m'a regardé droit dans les yeux. Je lui ai fait comprendre qu'elle n'avait rien à craindre.

« ... une parole malheureuse...

– J'entends. Alors, vous me demandez...

– Si je m'endors, et si je dis quelque chose... de terrible, vous ne le prendrez pas pour vous. Et vous n'en parlerez pas.

– Vous voulez que je vous tienne compagnie le mardi soir. C'est tout ?
– C'est tout. »

Mais ce n'est jamais tout.

Je suis allé lui tenir compagnie tous les mardis soir pendant neuf semaines.

J'arrivais un peu avant que son mari sorte. La première fois, il était un peu inquiet, mais à son retour elle était toujours bien éveillée, vive et gaie. Elle avait parlé toute la soirée. Le deuxième mardi, au retour de son mari, elle était de la même belle humeur. Les mardis suivants, il est parti le sourire aux lèvres. Il était rassuré de savoir qu'en rentrant il la retrouverait heureuse.

Une fois son mari parti, elle me demandait d'ouvrir l'énorme album de famille posé sur la table basse et de désigner une photo. J'en choisissais une, je retournais m'installer dans le fauteuil, et je l'écoutais. Quand elle n'avait plus rien à dire, j'en choisissais une autre.

Elle était intarissable.

Elle a beaucoup ri en me racontant ses histoires, le premier soir, et les mardis suivants.

Je ne l'ai vue pleurer qu'une fois.

Il y avait dans l'album une photo de Louise adolescente, à côté d'un portrait de sa fille, à peu près au même âge. Deux jeunes filles aux formes un peu rondes, comme deux sœurs jumelles, l'une en couleurs passées, l'autre en couleurs vives. Dessous, on lisait : « La mère et sa fille préférée ! » Il n'y avait pas d'autre photo de Louise à la même époque. En dehors de celle-là, ses photos les plus anciennes remontaient à son mariage. Et sur cette unique image de son adolescence, elle semblait à la fois triste et détachée.

Je l'avais repérée dès le début, mais j'avais attendu plusieurs semaines avant de la lui désigner. Je n'osais pas y toucher.

Un soir, après l'avoir entendue me faire le récit d'une partie de pêche familiale qui m'avait fait pleurer de rire, j'ai choisi cette photo.

Le visage de Louise a changé. D'abord, j'ai cru qu'elle était en colère, et puis j'ai vu ses yeux s'embuer.

« Je me demandais quand vous la choisiriez. Je pensais que ce moment n'arriverait jamais et j'avais peur qu'il arrive. Et voilà... »

Elle a posé la main sur l'album ouvert.

« J'ai cru mourir quand ma fille a collé ma photo à côté de la sienne. Et surtout quand elle a écrit ça. Elle n'a jamais su que j'ai eu une autre petite fille.

Personne ne le sait, je ne l'ai jamais dit à Bernard et encore moins à nos enfants, j'avais trop honte. Sur cette photo, pour la première fois de ma vie, on voit que je suis ronde. Alors que j'étais fine et mince avant – j'ai détruit toutes les photos d'avant –, les garçons plus âgés qui me tournaient autour quelques semaines plus tôt se sont mis à m'éviter, à me traiter de grosse. J'avais quinze ans. Je n'imaginais pas que je pouvais être enceinte.

Je n'étais pas naïve, je savais ce qu'était la sexualité, mais je n'avais jamais fait l'amour. Et je n'en avais pas l'intention à l'époque. J'avais des règles très irrégulières, je ne comptais jamais, mais quand j'ai senti mes seins gonflés se mettre à couler, j'ai vite compris. J'étais très bonne en biologie... Et j'ai vite su comment c'était arrivé. Cette photo, ma mère l'a prise en novembre. Le deuxième week-end de septembre, comme tous les ans à la même époque, nous étions partis camper deux nuits en famille, avec mon oncle, le frère jumeau de mon père, ma tante et mon cousin Jérôme. J'ai dormi sous la tente avec lui, nous avions le même âge, nous dormions ensemble depuis toujours. Cette année-là, nos parents n'étaient pas très chauds pour nous laisser ensemble, mais j'avais insisté, je ne comprenais pas pourquoi ils voulaient nous séparer.

La première nuit, je me suis réveillée, j'avais le sentiment d'étouffer, j'avais chaud, j'étais trempée, Jérôme était couché sur moi et il ronflait, ça m'a fait rire. Il s'est réveillé, terrorisé, il s'est précipité sur son matelas et m'a tourné le dos. Je me suis moquée de lui, mais il n'a pas répondu. Finalement, je me suis rendormie. Le lendemain, en me levant, j'avais les cuisses et les fesses poisseuses. Le deuxième soir, Jérôme est allé dormir avec mon frère, et il ne m'a plus parlé du week-end. Je n'ai pas su pourquoi, ça m'a fait de la peine. Quand je me suis retrouvée enceinte, j'ai compris ; il avait eu peur de ce qu'il avait fait, et honte…

Je suis allé en parler à Jacqueline, la meilleure amie de ma mère, qui était sage-femme. C'était une femme *comme ça*. Elle m'a demandé ce que je voulais faire, j'ai dit que je ne savais pas. Elle est allée en parler à ma mère, et je crois qu'elle ne lui a pas laissé le choix : elle lui a expliqué qu'elle devait me soutenir. Qu'elle n'avait pas le droit de se mettre en colère et de passer sa colère sur moi. Ma mère n'a pas demandé avec qui j'avais fait ça, elle a tout de suite deviné, mais elle s'est souvenue de la tête que faisait Jérôme quand il a décidé de dormir avec mon frère et elle a pensé que c'était *moi* la responsable. Elle me l'a dit, beaucoup plus tard, quand ma fille est née. Elle m'en voulait, mais elle ne me l'a pas fait sentir. Jacqueline ne l'a pas laissée faire, je crois.

J'ai appris à mettre des vêtements amples, pour camoufler. Mais j'ai pris de partout, alors ça ne s'est pas vu. Mon père ne s'est rendu compte de rien. À la fin de la grossesse, tout le monde me disait que je mangeais trop, que je devais faire un régime. C'était dur d'entendre ça pendant que je sentais la petite bouger. Elle bougeait beaucoup, la nuit encore plus, ça m'empêchait de dormir. C'était une petite fille très vive... C'était l'année de la grande grève. Au début de mai, tout le pays s'est retrouvé bloqué à cause des manifestations. Les usines ont fermé. Les écoles aussi, et on a vite compris qu'elles ne rouvriraient pas avant l'été. Chez nous, les hommes emmenaient leurs garçons pêcher ou jouer aux boules. Jacqueline et ma mère ont annoncé à leurs maris que puisque c'était comme ça, on partait en vacances, entre femmes, toutes les trois. On est allées vivre dans une maison qui appartenait aux parents de Jacqueline, au bord de la mer, jusqu'à la naissance. Quand nous sommes rentrées, ma mère a dit à mon père qu'elle avait été prise de contractions et qu'elle avait accouché d'une petite fille, heureusement que Jacqueline était là. Mon père était éberlué, mais ma mère était une femme très forte, et quand elle avait été enceinte de moi puis de mon frère, elle s'en était rendu compte seulement en sentant les coups de pied. Alors il l'a crue. Il n'y avait pas de contraception, à ce moment-là. Et elle pouvait même dater la conception : la deuxième nuit, seule sous la tente, je n'ai presque pas dormi, j'étais trop agitée. Je les ai entendus, ma mère rire doucement et mon père grogner et ma mère lui faire chhhhhhh tu vas les réveiller... »

« ...Je l'ai appelée Lucie. Ma mère n'aimait pas ça, mais Jacqueline lui a fait remarquer que c'était *moi* la mère... Ça ne lui a pas plu... »

« ...Je l'ai allaitée, vous savez. Quand mon père et mon frère étaient là, ma mère lui préparait les biberons et faisait semblant de la nourrir, et bien sûr la petite n'en voulait pas, elle me sentait, elle pleurait en tournant son visage vers moi, alors je la prenais en disant "laisse-moi faire" et j'allais dans ma chambre lui donner le sein. Quand elle avait très faim, je complétais avec la moitié du biberon et je buvais le reste... Je l'aimais tellement. Je pouvais jouer avec elle et l'embrasser et dire : "Je t'aime tellement ma petite puce", ça ne choquait personne, tout le quartier trouvait attendrissant que j'aime autant ma petite sœur, et vous savez comment sont les gens, ils ne savent pas qu'ils sont bêtes et cruels, certains disaient : "Profites-en, on s'amuse moins quand c'est les siens !" Et d'autres : "Méfie-toi de ne pas t'en faire faire un bientôt par le premier abruti venu." ... Cet été-là, j'ai élevé ma petite fille, et j'étais très heureuse. On n'est pas partis en week-end en septembre, parce que le travail avait repris, et les hommes faisaient des heures supplémentaires le samedi à l'usine. On n'en a pas parlé à mon oncle et ma tante, bien sûr. Et Jérôme non plus ne l'a jamais su. Les garçons, à cet âge, c'est pas très malin. Et puis il s'est engagé dans l'armée, je ne l'ai pas revu pendant plusieurs années, et quand il est revenu, je faisais mes études d'infirmière, il venait de se marier, sa femme était enceinte, je n'allais pas m'amuser à lui raconter ça. De toute manière, je n'aurais pas pu. J'étais encore trop triste. »

« En septembre je suis retournée à l'école. Tout se passait bien, la petite faisait ses nuits ; comme ma chambre était assez grande on avait mis son petit lit près de moi, juste à côté de la fenêtre. Un jour d'octobre, un de nos professeurs nous a emmenés en voyage scolaire au musée de l'Artisanat qui avait ouvert juste avant la grande grève. J'ai passé une journée merveilleuse, il faisait beau, je me souviens de tout : les meubles marquetés, les cathédrales en pain d'épice, la grille d'entrée modèle réduit d'un château Renaissance pour laquelle l'artisan avait fabriqué des outils miniatures... Le soir, mon père m'attendait à l'arrêt d'autocar, je ne l'avais jamais vu comme ça. Mon frère pleurait dans la voiture. Ils n'ont pas répondu quand je leur ai demandé ce qui s'était passé. Ils m'ont emmenée à l'hôpital. Ma mère était debout dans le couloir. Elle ne pleurait pas. Elle n'a pas dit un mot. Une infirmière m'a conduite à la morgue ; elle s'est approchée d'un brancard et a soulevé le drap ; ma petite Lucie était dessous. Je l'avais embrassée avant de partir au lycée, le matin, elle avait ri et ses petites mains s'étaient accrochées à mes cheveux. Et le soir de cette belle journée, ce n'était plus elle, ce n'était plus que le corps tout mou, tout froid, d'un bébé que je ne connaissais pas... »

« ...Ma mère lui avait donné un biberon à huit heures, après mon départ, elle avait bien bu, et puis elle l'avait recouchée. Et d'habitude elle l'entendait jaser vers onze heures, mais ce jour-là, à midi et demi elle ne l'entendait pas, elle était allée voir et elle l'avait trouvée immobile dans son lit, encore tiède, juste un peu de lait au coin de la bouche. Elle avait appelé le docteur mais c'était trop tard. À l'hôpital local, ce soir-là, le pédiatre nous a dit que c'était une mort subite inexpliquée. Que ça arrivait sans prévenir, souvent pendant que les bébés sont couchés. Ils s'arrêtent de respirer, on ne sait pas pourquoi. Que ma mère n'aurait rien pu faire, et moi non plus... »

« ...Mes parents n'avaient pas les moyens de me payer des études de médecine. Je voulais devenir sage-femme, comme Jacqueline, mais il fallait partir à l'autre bout du pays, et après la mort de Lucie ma mère ne m'a pas lâchée d'une semelle. Elle n'arrêtait pas de me surprotéger. J'ai passé le diplôme d'infirmière à l'hôpital local. J'ai fait des stages en maternité et en pédiatrie. Finalement, j'ai choisi la réanimation. Un jour, je n'étais pas encore mariée, j'ai assisté à une réunion de service sur la mort subite du nourrisson. Le médecin a commencé par énumérer les circonstances le plus souvent retrouvées : le jeune âge de la mère, l'enfant qui dort sur le ventre ou dans le lit près de soi, le berceau près du radiateur. En entendant ça, je me suis dit : c'est moi qui l'ai tuée. Et puis il est devenu plus grave et il a dit qu'en Amérique et en

Angleterre, on soupçonnait une autre cause, difficile à prévenir et à prouver, sauf quand il y avait d'autres morts subites dans la même famille... »

« ...J'ai appelé ma mère. Je lui ai raconté la réunion et j'ai dit que je m'étais sentie coupable en écoutant le médecin. Elle n'a pas réagi. Pas même pour dire : *Mais non, ce n'était pas ta faute.* Alors j'ai continué : *Il nous a dit aussi que certains de ces bébés mouraient étouffés. Peut-être par accident. Peut-être pas. Parfois, certaines mères sont prises d'un coup de folie.* Et en même temps que je disais ça j'ai pensé très fort : c'est vrai, j'ai eu Lucie très tôt, et je l'aimais beaucoup beaucoup alors je l'ai peut-être trop cajolée, *mais je sais que je n'ai pas étouffé mon bébé.* Il y a eu un long silence, et puis elle a marmonné d'une voix dure : "Tu étais bien trop jeune, tu ne te rendais pas compte..." mais je n'ai pas voulu en entendre plus, j'ai raccroché. Pendant cinq ans, je ne suis pas retournée chez mes parents. Je me suis mariée sans le leur dire. Mon frère était parti travailler en Allemagne, on s'écrivait mais on ne parlait jamais d'eux. Et puis on a trouvé un cancer à ma mère, elle avait des métastases partout, elle est morte en quelques mois, je ne suis allée la voir que la veille de sa mort. Ça n'avait aucun sens, elle n'était plus qu'une momie toute cassée dans son lit d'hôpital, elle ne réagissait plus, mais mon père m'avait suppliée. J'avais cédé mais je lui en voulais, à lui aussi. J'étais sûre qu'il savait, qu'il avait toujours su, il n'était pas en voyage scolaire, lui. Elle lui avait forcément dit ce qu'elle avait fait. Ou il avait deviné. Et s'il avait deviné, il était aussi coupable qu'elle de n'avoir rien dit et rien fait. Et s'il n'avait pas deviné, alors c'était un crétin qui vivait avec une criminelle ! Il disait qu'il aimait Lucie autant qu'il m'aimait moi, comment avait-il pu la laisser faire ça ?... Bernard est venu me rejoindre le jour de l'enterrement. Mon père et lui se sont tout de suite bien entendus. Quand notre fils est né, Bernard l'a prévenu, et mon père est arrivé le lendemain, les bras chargés de cadeaux, tout heureux et tout fier, il n'arrêtait pas de prendre son petit-fils dans ses bras, de lui parler, de le bercer comme il avait fait avec ma petite Lucie. Et puis brusquement il s'est arrêté, il l'a reposé tout doucement, il s'est excusé, il ne voulait pas risquer de lui faire mal, les bébés c'est fragile, est-ce que j'avais lu les journaux, il avait lu qu'il ne fallait pas coucher les bébés sur le ventre pour éviter qu'il ne leur arrive du mal, et il s'était souvenu qu'il nous avait couchés tous les trois comme ça quand on était bébés, mon frère, Lucie et moi, et à présent il s'en voulait, si c'était à refaire… À ce moment-là j'ai compris qu'il n'avait jamais su que Lucie était ma fille et ce que ma mère lui avait fait, et que même s'il ne disait rien, s'il ne laissait rien voir, parce qu'un homme de son temps ça ne montrait pas ses sentiments, il se sentait coupable comme je m'étais sentie coupable. Et je me suis mise à pleurer d'avoir retrouvé mon père. Et j'en ai voulu mille fois plus à ma mère de nous avoir tous fait souffrir. »

« …Souvent, la nuit, quand je m'endors, je la revois, je dis son nom, Lucie, et je lui parle, ma puce je t'aime comme tu es jolie ma petite fille mon joli bébé. Bernard pense que je parle de ma petite sœur, il a toujours su combien je l'aimais. Je n'ai jamais pu dire la vérité. Ça m'aurait peut-être fait du bien. Il aurait compris pourquoi je n'ai pas voulu aller voir ma mère quand elle était mourante. Mais je ne pouvais pas le lui dire. Je ne voulais pas. Si Lucie avait vécu, je lui aurais expliqué qu'elle était ma petite fille. Je ne sais pas quand. Je ne sais pas comment elle l'aurait pris. Mais je lui aurais dit la vérité, parce que c'était notre vérité à toutes les deux. Je n'aurais peut-être pas rencontré Bernard – une femme qui élève seule un enfant, beaucoup d'hommes n'en veulent pas –, et nos enfants ne seraient pas nés. Je ne peux pas dire à Bernard que je pleure la petite fille que j'aurais voulu élever ; je ne peux pas dire à ma fille : *Non, ma grande, tu n'es pas ma petite fille préférée, je t'aime comme je l'ai aimée* ; je ne peux pas dire à mon père qu'il vivait avec une menteuse et une criminelle ; je ne peux pas m'endormir un mardi soir en risquant de crier ce que j'ai murmuré à l'oreille de ma mère quand je l'ai vue mourante, je ne sais pas comment j'ai fait pour ne jamais le laisser échapper, je ne veux pas que ce soient les derniers mots de moi que mon fils entend et que tous les trois, Bernard, mon père et lui, en parlent et finissent par comprendre que je les ai quittés en leur laissant des mensonges et la mort d'un bébé – *Crève salope crève tu as tué ma petite fille à présent c'est ton tour.* »

Louise a refermé l'album, et elle a dit : « Il est tard. J'en ai assez. »

Elle a ouvert la boîte dans laquelle elle préparait ses comprimés pour la nuit. Elle les a sortis un à un, les a avalés avec une gorgée d'eau, ce n'étaient pas les mêmes que d'habitude.

Elle a parlé encore pendant un petit moment, d'André dont elle respectait le dévouement et le courage ; du centre d'avortement où elle avait tellement aimé travailler ; de Mme Pujade, qui était une femme *comme ça* ; de son mari et de son fils et de leur inquiétude, de sa fille qui débutait son sixième mois, et qui l'avait appelée très angoissée quand elle s'était retrouvée enceinte, c'était un accident, elle venait de trouver un travail, ça n'était pas prévu. *Et puis avec ta maladie ce n'est pas le bon moment* – mais Louise s'est écriée: *Mais si, c'est le bon moment!* Son ami était un garçon adorable, il avait un bon travail, ils s'aimaient beaucoup. Qu'un bébé leur arrive, quoi de plus naturel?

Elle regrettait de ne pas connaître son premier petit-enfant, mais elle était heureuse de savoir sa fille enceinte. Elle ne voulait pas risquer de mourir juste au moment de l'accouchement, elle ne pouvait pas leur faire ça, leur imposer le spectacle d'un corps agonisant au moment où ils devraient avant tout se réjouir. Elle allait s'éclipser et laisser le bébé s'occuper d'eux.

« Je suis fatiguée, je vais m'allonger et somnoler un peu. »

Je l'ai aidée à s'allonger. Elle avait froid. Je suis allé chercher une couverture sur son lit.

Quand je l'ai étendue sur elle, Louise a entrouvert les yeux et m'a dit en souriant : « Si je raconte des bêtises, ne faites pas attention, d'accord ? »

Et puis ses yeux se sont fermés et elle s'est endormie.

Sans dire un traître mot.

J'ai entendu tant d'histoires.

Ils ne sont pas tous partis doucement, comme Louise.

Certains sont partis dans l'angoisse, et ni mes drogues, ni mes soins, ni ma présence n'ont pu leur éviter ça.

D'autres au milieu d'une phrase, brusquement, comme la flamme d'une bougie soufflée par un courant d'air.

J'en ai vu s'en aller le cœur plein de colère.

Mais ce n'était pas ça le plus dur.

Et ce n'était pas non plus d'écouter et d'entendre en sachant que leurs paroles seraient les dernières, ni de les voir s'éteindre.

Le plus dur, c'était la peur que leurs mots disparaissent.

Tant qu'ils étaient là, présents à ma mémoire, ils étaient vivants.

Très tôt – peut-être à cause d'André et de ses cahiers –, je n'ai pas pu me contenter de garder leurs paroles dans ma tête, je devais les transcrire aussi précisément que possible. L'idée de pas le faire m'était insupportable.

Mais je n'étais pas sûr.

André m'avait laissé ses cahiers sans aucune instruction. Les autres ne m'avaient rien demandé d'autre que mon assistance. Avais-je le droit de retranscrire leurs paroles ? Ma décision de changer les noms n'était-elle pas la preuve que quelque chose clochait ?

Au bout d'un an ou deux, il ne se passait plus de semaine sans qu'une voix nouvelle, ou même deux, fassent appel à moi à quelques jours d'intervalle. Je déclinais, ou je demandais qu'on me recontacte quelques jours plus tard. Je ne voulais pas – je ne pouvais pas – assister plus d'une personne à la fois. Et je me ménageais, après chaque veillée, du temps pour respirer.

Une seule fois, pressé par une voix angoissée, j'ai enfreint cette règle, et je l'ai regretté.

Richard, l'homme qui m'avait appelé, avait une voix fébrile.

Cette fébrilité était encore présente à notre première rencontre.

Il voulait en finir, disait-il. Et contrairement à toutes celles que j'avais entendues, il n'y avait ni lassitude ni colère dans sa voix, mais de l'impatience et comme du défi. Il avait un compte à régler.

Il m'avait parlé longtemps, sans vraiment rien me dire. Comme d'habitude, je n'avais pas posé de questions.

Je ne me sentais pas aussi sûr de moi que les fois précédentes. J'étais fatigué. J'avais peu dormi. J'avais assisté, la veille, un homme qui m'avait raconté une histoire éprouvante.

Son récit avait duré si longtemps que je m'étais assoupi une ou deux fois. En rentrant chez moi, j'avais fait des efforts insensés pour tout retranscrire immédiatement : j'avais peur que le sommeil n'efface une partie de ses paroles.

J'aurais dû couper court dès cette première rencontre. Mais je ne me faisais pas encore assez confiance alors, je manquais d'expérience, je n'avais personne à qui demander conseil. Et je me sentais engagé par le contrat de disponibilité que j'avais passé avec d'autres avant lui. J'avais oublié qu'un contrat engage les deux parties.

Je ne voulais pas trahir Richard comme j'avais failli trahir le patient précédent. Alors, j'ai fait de mon mieux, en passant outre à mes sentiments. Je lui ai parlé longuement. Trop longuement. Et trop.

J'espérais l'apaiser, mais quelque chose n'allait pas.

Lorsque je suis allé le retrouver, le soir dit, rien n'allait. Malgré l'écoute, malgré l'assurance que rien ne pressait, qu'il devait mûrement réfléchir sa décision, que je serais tout aussi disponible dans un mois ou dans six, et malgré la prescription que je lui avais faite, son angoisse était plus intense que jamais.

J'ai ouvert ma sacoche et j'ai secoué la tête.

« Ce n'est pas le bon moment.

– Comment? Bien sûr que si! C'est à moi de décider!
– Je ne crois pas. Vous ne seriez pas dans cet état. Vous seriez soulagé, apaisé. Ce n'est pas le cas. Je ne sais pas pourquoi, et je n'ai pas à le savoir si vous ne voulez pas m'en parler, mais vous n'êtes pas prêt.
– Vous ne pouvez pas me faire ça! Vous ne pouvez pas me laisser tomber au dernier moment!
– Ce n'est pas vous laisser tomber que vous inviter à reconsidérer votre décision. Je ne peux pas vous assister ce soir. Vous êtes trop pressé. *Vous n'êtes pas prêt.* »
J'ai refermé ma sacoche et je suis parti.

Deux jours plus tard, j'ai appris que Richard s'était pendu dans son appartement.

Je ne m'en suis pas voulu de m'être démis. Je ne me suis jamais pris pour le dernier recours. Tous ceux que j'ai assistés disposaient d'autres moyens pour parvenir à leur fin. Même André aurait pu se débrouiller autrement qu'en faisant appel à moi. Mais ils m'avaient appelé pour atténuer la violence de leur décision sur les autres – et pour éviter que les autres ne s'opposent violemment à elle.

Je m'en suis voulu de n'avoir pas compris de quoi il retournait. Richard voulait faire violence. À qui ? Je l'ignore. En l'assistant ce soir-là, je n'aurais fait que m'en rendre complice.

Mais je regrettais de n'avoir pas su déceler plus tôt ce qui le minait.

Je me suis mis à penser que je voulais trop en faire, comme pendant mes débuts à l'Unité : je prescrivais trop de soins, trop de médicaments, je prenais trop de précautions. En apprenant à en faire moins, j'avais appris à soigner mieux.

Less is more.

Je voulais continuer à assister celles et ceux qui en avaient besoin. Mais je ne pouvais plus passer des nuits entières à retranscrire leurs paroles. La fatigue retentissait sur mon attention ; mes soins s'en ressentaient.

Écouter, soulager, administrer les informations et les substances utiles pour détendre et rassurer, c'était là l'essentiel. Transcrire pour alléger ma conscience était égoïste, inutile, parasite.

J'ai cessé de remplir des cahiers.

J'ai passé à l'Unité deux fois plus de temps qu'auparavant. Au lieu d'écrire, j'ai lu. J'ai épluché tout ce qui se publiait, sur papier ou en ligne – la douleur et toutes ses variantes, les symptômes de fin de vie, les dépressions masquées ou trop marquées, la déshydratation des mourants, l'activité cérébrale des patients dans le coma…

Tout ce que je pouvais apprendre, je l'apprenais. Et chaque fois que des notions nouvelles pénétraient ma mémoire, elles entraient en contact avec celles qui s'y trouvaient déjà, formaient de nouveaux liens, provoquaient de nouvelles étincelles, engendraient de nouvelles idées dont je faisais profiter toute l'équipe, et tous les patients.

J'ai travaillé ainsi pendant de longues années, sans me poser plus de questions.

Chaque semaine, je soignais des patients.
Chaque fin de semaine, j'assistais des soignants.

Et puis j'ai rencontré Nora.
Et un jour, en ouvrant un cahier, elle a dit...
Non, il ne faut pas que je commence comme ça. Si je veux que l'histoire ait un sens, il faut que je la raconte correctement.

Si je ne m'étais pas trouvé un jour précis en un endroit précis, je n'aurais pas rencontré Nora.
C'est toujours comme ça, me direz-vous. Bien sûr. Il suffit d'une seconde pour faire une rencontre, ou pour qu'elle n'ait pas lieu. Toutes les vies ne sont qu'une suite de hasards. Postuler ce qui aurait pu ne pas être est tout aussi gratuit qu'inventer ce qui n'arrivera pas. *Wishful thinking.* Pensée magique. Le cerveau fonctionne comme ça. Les humains ont survécu parce qu'ils étaient capables d'imaginer des monstres au fond de la caverne, dans le noir de la nuit, et de s'y préparer. Le jour où ils ont commencé à construire des maisons, ils ont imaginé des monstres sur le toit, ou derrière les parois craquantes. Et plus ils ont construit, plus ils ont été obligés de peupler

leur monde de monstres et d'esprits. Histoire d'être prêts, le jour venu.

Ça n'a pas fait venir les esprits pour autant.

Je n'imaginais pas la rencontrer ainsi – c'est bête, de dire ça : je ne la connaissais pas – je veux dire : je n'imaginais pas rencontrer *une femme*.

Je n'avais jamais été très fort pour les relations amoureuses. Pas même pendant mes études.

À l'hôpital, j'ai vu quelques infirmières me tourner autour. Des femmes belles et intelligentes, plusieurs me plaisaient vraiment, et il m'est arrivé plus d'une fois de sortir avec l'une d'elles. Nous passions une bonne soirée, restaurant, cinéma, et je la raccompagnais au pied de son immeuble. Mais lorsqu'elle m'invitait à monter je déclinais poliment, sans fournir d'excuse, et je rentrais chez moi. Sans donner suite. Assez vite, elles se sont passé le mot. J'étais « trop indépendant » ou « trop timide » ou « probablement impuissant » ou « effrayé par les femmes qui désirent » ou « un sale con de toute façon » et je ne sais plus quoi encore.

C'est comme ça qu'on acquiert une réputation.

À la vérité, j'avais peur. Pas des femmes, ni de leur désir, mais de l'amour, de ses conséquences. Irréparables.

J'ai compris ça le jour où j'ai assisté à une dissection. Oui, je sais, c'est une pratique barbare et d'un autre âge, le seul fait de l'évoquer aujourd'hui donne des frissons, mais quand j'ai commencé mes études, il n'y avait ni hologramme anatomique ni simulation en 3D. On apprenait à inciser des cadavres. Des corps sans vie qui avaient appartenu à des personnes. Qui avaient *été* ces personnes.

Là, sur les tables métalliques, les résidents en chirurgie – qui s'entraînaient à retrouver leur chemin au milieu des organes de l'abdomen, à cliver les masses musculaires, à séparer les nerfs des vaisseaux, à retirer une thyroïde ou une surrénale sans abîmer ce qu'il y avait autour – utilisaient ces corps pour initier les étudiants tout frais arrivés à la seule loi indiscutable : tout le monde meurt.

Quand je suis entré dans la salle, j'ai vu sur la table le cadavre nu d'un homme d'une soixantaine d'années, barbu, un peu bedonnant, le crâne dégarni, les jambes un peu gonflées. Il avait un visage paisible et la bouche entrouverte comme s'il faisait une pause dans son sommeil avant de se remettre à ronfler. Et je me suis dit :

« Cet homme a été le fils d'un homme et d'une femme, autrefois. Ils sont sûrement morts eux aussi à présent. Et il a peut-être été le père d'un garçon comme moi. Et ce fils mourra aussi, un jour. Pourquoi mettre au monde des enfants qui vont mourir ? »

On m'avait appris que nos gènes nous poussent à nous reproduire pour se projeter dans la génération suivante. Que c'est pour eux le seul moyen – égoïste, mesquin, et futile – de tendre vers une ébauche d'éternité. Et c'est plus fort que nous : les plus réticents finissent par faire des enfants, avec ou sans désir, mais pas vraiment par accident. Nous sommes programmés pour le faire, comme nous le sommes pour respirer, boire et manger. Notre libre arbitre est relatif : on ne réfléchit jamais à la futilité de la vie avant d'avoir commis l'irréparable et mis un enfant au monde, quand ce n'est pas plusieurs.

J'ai réfléchi à ça pendant des semaines, et si j'avais vécu dans un pays où c'était permis, je serais allé me faire vasectomiser. Enfin, je pense. Aujourd'hui je me dis que j'aurais pu traverser la frontière et l'affaire aurait été réglée. Mais je ne l'ai pas fait ; je me suis contenté de ne pas m'attacher, de ne pas laisser une femme s'attacher – et de ne jamais baiser sans capote. Est-ce qu'au fond je voulais me laisser la possibilité de changer d'avis ?... Est-ce que cette réticence à me soumettre au scalpel d'un urologue était, elle aussi, une conspiration de mes chromosomes ?

En tout cas, je suis parvenu sans grand mal à ne pas me lier. Comme la plupart des hommes, j'avais envie de sexe et de proximité et, de temps à autre, je me suis laissé aller. Ça n'a jamais duré plus de quelques semaines. Très vite, la soif d'attachement des femmes me pesait. Et, même lorsqu'elles affirmaient que leur désir d'enfant était absent ou lointain, je savais que ce n'était qu'une question de temps, quelques années tout au plus, avant que ce désir ne les rattrape. Je ne voulais pas me retrouver, un beau matin, pris dans un dilemme insoluble. Quoi qu'on fasse de sa vie, on ne peut pas éviter de souffrir. Mais on peut au moins s'efforcer, du mieux qu'on peut, de ne pas *faire* souffrir.

Alors, je n'ai donné de faux espoirs à personne.

J'ai vécu longtemps ainsi, en évitant de me laisser surprendre.

Jusqu'au jour où j'ai rencontré Nora.

Ce jour-là, je n'ai rien pu faire.

Elle a surgi dans mon bureau, à l'Unité de la douleur. Elle n'avait pas de rendez-vous. Elle n'était pas malade mais elle était en rage. Son père venait de mourir. Il avait été admis pour leucémie aiguë dans le service d'hématologie. On lui avait fait son bilan, on se préparait à le mettre sous chimiothérapie. Il n'allait pas mal, son état était stable, il avait bon moral et plaisantait avec l'équipe soignante.

Mais il était mort la veille de sa première cure.

Nora avait harcelé l'équipe, pour savoir comment pareille chose était possible. Elle voulait savoir de quoi il était mort. S'il y avait eu une erreur de traitement. Si ceux qui étaient censés le soigner étaient responsables.

Bien sûr, personne ne pouvait lui répondre. Le chef de service, un type intègre, ne comprenait pas.

Cette mort était inexplicable. Il avait, très délicatement, suggéré l'éventualité d'une autopsie, mais s'était immédiatement rétracté en voyant combien Nora trouvait l'idée révoltante. En désespoir de cause, il me l'avait envoyée.

Toujours la même question. Pourquoi moi ?

Après coup, on trouve toujours une explication en accord avec la configuration du moment : le médecin qui avait soigné son père me faisait confiance ; il savait que, dans le cadre de ma mission à l'Unité de la douleur, j'avais vu son malade pour atténuer les symptômes de sa leucémie ; il avait donné mon nom à sa fille en pensant que je pourrais atténuer son chagrin ; elle était venue me voir.

Raconté ainsi, ça semble assez simple.

Elle a déposé le dossier de son père devant moi en me demandant de l'étudier soigneusement, et de lui dire ce qui avait pu causer sa mort.

« Je ne pourrai pas vous donner de réponse avant plusieurs jours. »

C'était vrai.

Elle en était consciente.

Elle a hoché la tête et allait se lever, mais j'ai ajouté que j'y verrais plus clair si elle me parlait de son père avant sa maladie, et des quelques jours écoulés.

Elle a ôté son sac de son épaule, l'a posé sur un siège et s'est mise à parler.

Nous avons parlé longtemps. Je dis bien : nous. Avec quelqu'un d'autre, je me serais tu. Mais avec elle, non. Pour faire face à sa souffrance, je n'avais pas envie de l'écouter en croisant les doigts, mais de parler avec elle.

Dix fois j'ai pensé : elle va se rendre compte que je parle. Elle va me rembarrer. Elle va me dire : *Je ne suis pas venue écouter vos salades*. Mais non. Elle disait quelque chose, je poursuivais, elle reprenait, je complétais, elle posait une question, j'en ajoutais une autre, l'un faisait une remarque, l'autre la développait. Je me mordais les lèvres pour m'arrêter, mais l'instant d'après je parlais de nouveau. Nous parlions tous les deux en même temps. Je ne sais pas comment l'expliquer. C'était la première fois que ça m'arrivait.

Et j'évitais soigneusement d'aborder la raison de sa présence.

On a parlé longtemps. Deux heures, au moins. Elle n'avait pas l'air pressée de partir, et je ne voulais pas qu'elle parte.

Elle m'a fait promettre de la recontacter quand j'aurais une réponse.

Au moment de sortir, elle m'a regardé longuement, sans me quitter des yeux.

Quand elle a refermé la porte, j'avais mal au ventre.

Je venais de tomber amoureux d'une femme qui m'avait chargé de découvrir de quoi son père était mort.

S'agissant de n'importe quel homme, ma mission aurait été simple.

Mais le père de Nora n'était pas n'importe qui.

Deux jours avant qu'elle n'entre dans mon bureau, je le veillais.

Pendant plusieurs jours, je me suis demandé ce que j'allais lui répondre. Je ne pouvais pas lui mentir. Je ne pouvais pas non plus lui dire la vérité. C'était insoluble. J'avais plus ou moins résolu de la faire parler, de lui faire raconter ce qu'il y avait en jeu pour elle dans son enquête. Elle trouverait peut-être dans cette introspection une réponse à la vraie question, celle qu'elle ne posait pas clairement.

Si ça ne suffisait pas, je dirais que je n'avais pas de meilleure réponse à lui faire.

J'espérais qu'elle allait me croire.

Je me suis préparé à l'appeler, mais c'est elle qui a repris contact.

J'ai répondu que je ne pouvais rien lui dire à distance.

« C'est moi qui ne vous ai pas tout dit. »

Elle ne voulait pas revenir me voir à l'Unité. Elle a demandé à me rencontrer en ville en fin d'après-midi, un vendredi soir. Il y avait alors sur la Grand-rue une des dernières librairies indépendantes de la ville. Avec, au fond, un café, une terrasse et quelques arbres. Je l'ai retrouvée là-bas en sortant de l'hôpital.

C'était le début de l'hiver mais il y avait encore des tables dans la cour. Elle a tenu à s'asseoir dehors. Nous sommes restés emmitouflés.

Elle a allumé une cigarette.

« Vous devez être la dernière fumeuse de cette ville.

– C'est probable. C'est pour ça que je n'ai pas d'homme dans ma vie. Ils n'aiment pas le goût du tabac. Vous avez le droit de fuir, mais pas celui de me faire un cours. J'y ai droit tous les jours au bureau. »

Elle était assise de profil et, entre deux nuages de fumée, buvait une gorgée de café en évitant de me regarder.

Je savais que nous avions le même âge, quarante-trois ans, mais elle en faisait dix de moins. Moi, j'avais le sentiment d'en avoir vingt.

Elle parlait doucement, de la même voix ferme que quelques jours plus tôt.

« J'ai réfléchi. Ne perdez pas votre temps à éplucher le dossier de mon père.
– Vraiment ? »
J'ai mis un morceau de sucre dans mon café.
« Vraiment. Vous ne trouverez pas ce que je cherche.
– Je vois. »
Elle a tourné les yeux vers moi, son regard était celui qu'elle avait en me quittant la première fois.
« Je voulais être sûre qu'on ne l'avait pas maltraité. Je ne l'avais pas vu pendant trois ans, il avait pris sa retraite et faisait le tour du monde. Il était rentré depuis six mois, je l'avais retrouvé, j'étais heureuse comme tout. Et puis il y a trois semaines, il tombe malade et, après avoir tourné autour du pot pendant quinze jours, il se fait hospitaliser juste avant que je parte en stage pour mon boulot à l'autre bout du pays. Je l'appelais tous les soirs, je lui avais parlé la veille, il allait très bien. Enfin, c'est ce qu'il m'a dit, mais il ne me disait pas toujours tout… Juste avant d'être hospitalisé, il était fatigué, il avait mal partout, rien ne le soulageait, mais il ne m'en a pas parlé. Il ne voulait pas m'inquiéter… Alors quand on m'a appris qu'il était mort dans la nuit… »
Elle semblait attendre que je réagisse.

« Il y a trois jours je suis retournée voir l'infirmière qui l'avait accueilli. Il m'avait parlé d'elle, il se sentait en confiance. Je lui ai demandé de me dire, simplement, ce qu'on lui avait fait ce jour-là. Elle m'a dit qu'il avait passé une très bonne journée et qu'il ne souffrait plus. Grâce à vous. »

J'ai mis un deuxième morceau de sucre dans mon café.

« Mmhhh. Enfin, grâce aux membres de l'Unité...

– Il n'a vu que vous. »

J'ai mis un troisième morceau de sucre dans mon café et j'ai tourné la cuillère furieusement.

« Les antidouleurs sont puissants...

– C'est vous qui les avez prescrits. »

J'ai senti qu'elle ne me lâcherait pas.

« Vous avez passé plusieurs heures avec lui.

– Je fais ça avec tous les patients qu'on me confie...

– Je me fous des autres patients ! Je vous parle de mon père. »

J'ai eu envie de me lever et de partir. J'avais peur qu'elle voie à quel point j'allais mal.

J'ai résisté, mais je n'ai pas réussi à répondre.

Il faisait de plus en plus froid. Elle a déposé la cigarette allumée sur le bord du cendrier et a bu son café lentement.

J'ai voulu boire le mien, il était imbuvable.
« Vous mettez trop de sucre.
– Seulement quand je suis un peu…
– …énervé ?
– Je me demande ce que vous me voulez.
– Je suis désolée de vous faire perdre votre temps ! »

Elle avait répondu sur un ton blessé et furieux, et je me suis dit avec soulagement qu'elle allait me planter là, mais elle n'a pas bougé. Elle s'est contentée de poser sa tasse, de serrer son manteau autour d'elle et d'allonger les jambes comme si elle s'installait pour la soirée.

« Et puis non ! »

Elle a écrasé son mégot et s'est levée. J'ai cru qu'elle allait enfin me décrocher de l'hameçon et me rejeter à l'eau. Elle m'a tendu la main.

« Il fait trop froid ici. Allons dîner.
– Dîner ? »

Elle m'a pris les mains et m'a obligé à me mettre debout.

« Oui. Vous avez soigné mon père, il vous a parlé. Je ne vous lâche pas. »

J'ai voulu protester mais elle ne m'a pas laissé poursuivre.

« Je sais que vous êtes lié par le secret professionnel et que vous ne pourrez rien révéler de ce qu'il vous a raconté, mais combien d'heures avez-vous passé avec lui ? Quatre ? Cinq ?

— Je n'ai pas…

— Vous avez posé votre regard, vos mains sur lui. Vous avez entendu ses mots, sa voix. Vous avez regardé sa bouche quand il parlait — oui, j'ai remarqué que vous regardiez ma bouche, comme si vous aviez du mal à entendre… *Non*, ne dites rien ! Écoutez-moi. Tout ce que vous avez vu et entendu de lui est encore *ici*. » Elle a posé la main sur mon cœur, avant d'esquisser un vague geste en direction de mon front. « Ou peut-être *là*. »

Je me suis senti très bête.

« Toutes les heures qu'il a perdues à l'hôpital, on me les a prises. Je n'ai pas pu les passer avec lui. Je ne pourrai plus jamais les vivre, mais vous pouvez me donner celles qu'il a passées avec *vous*. Voilà ce que je veux. Il a peut-être laissé quelque chose, un message qui m'était destiné. Vous ne pourrez pas m'en parler, mais je le sentirai, j'en suis sûre. Et quand vous m'aurez rendu ces quelques heures, je vous laisserai partir. »

Nora m'a emmené chez elle. Elle vivait dans une maison en ruine, au milieu d'un jardin. Elle a préparé à dîner, et elle m'a parlé de son père. Pendant qu'elle me parlait, je me suis rendu compte que j'avais laissé ma sacoche au café. Et je m'en moquais.

Je ne sais pas combien d'heures nous avons parlé.

Mais au bout de ces heures, elle ne m'a pas laissé partir.

Deux ou trois jours plus tard, je ne sais plus très bien, j'ai appelé le café. La serveuse se souvenait de moi; elle avait trouvé ma sacoche et l'avait mise en lieu sûr. Je ne suis pas allé la rechercher tout de suite. Pendant trois semaines, je n'ai pas répondu aux appels qui arrivaient sur mon cellulaire et j'ai effacé le contenu de la boîte vocale.

Je ne savais pas quoi faire.

Je ne savais pas comment lui dire.

Et, de toute manière, j'avais la tête ailleurs.

Vous savez ce que font les amoureux, quand ils ont passé quarante ans? La même chose qu'à vingt. Ils ne se lâchent pas d'une semelle, à moins qu'on ne les arrache l'un à l'autre. Et quand ils sont séparés – il faut bien qu'ils travaillent –, ils se parlent et se retrouvent à la moindre occasion. Ils trouvent toutes les excuses imaginables pour s'éclipser au milieu de la journée, retourner au bureau le plus tard possible, le quitter de nouveau avant l'heure. Le soir, ils ne perdent pas leur temps pour aller au cinéma, ils se hâtent vers la maison en ruine au milieu d'un jardin, le premier arrivé trépigne d'attendre celui qui tarde, et s'ils arrivent en même temps et gravissent les marches ensemble, ils entrent dans le noir, ils sont bien trop pressés de monter l'escalier s'allonger et s'étreindre et s'endormir l'un dans l'autre... et de se relever au milieu de la nuit parce qu'ils ont faim, de parler jusqu'au petit matin et de s'endormir à nouveau, épuisés, une heure avant que le réveil ne sonne.

Mais même à quarante ans passés – ou peut-être pour ça – les amoureux se piquent aux oursins cachés parmi les vêtements empilés.

Un matin, j'ai vu Nora prendre un comprimé blanc entre son café et sa cigarette du matin. J'ai examiné la boîte. C'était une contraception mensuelle. Elle était encore expérimentale dix ans plus tôt, lorsque je travaillais à la clinique d'avortement.

« En principe, ce truc est déconseillé après quarante ans.

– Je sais.
– Surtout pour les femmes qui fument.
– Tu veux un enfant ?
– Non.
– Ça tombe bien, moi non plus. Même avec un bel homme comme toi. Alors ce truc, comme tu dis, je vais continuer à le prendre.
– Tu… envisages d'arrêter de fumer ?
– Non. Ni d'arrêter de baiser. Et toi ?
– Moi, je ne fume pas…
– Je prends ça parce qu'on baise, pas parce que je fume.
– Euh, oui, mais…
– Tant qu'on jouera au docteur, tu ne seras pas mon médecin. Le jour où j'aurai un pépin, tu me soigneras. »

Nora était comme ça. Sa vie était sa vie, même si elle la partageait avec moi à ce moment-là. Il n'y avait pas à discuter.

Mais je ne voulais pas lui faire courir ce genre de risque.

J'ai appelé un collègue urologue qui m'avait parlé d'une technique toute nouvelle. Par un tout petit trou ménagé dans la peau du scrotum, on injectait dans les déférents une sorte de super-glu qui inactivait les spermatozoïdes. C'était simple, indolore, fiable, actif au bout de quelques jours et efficace pendant au moins dix ans. Il m'a fixé un rendez-vous dans la semaine. Nora n'a plus pris son comprimé mensuel.

*

Quelques jours plus tard, nous étions allongés l'un contre l'autre, elle a demandé pourquoi je ne voulais pas d'enfant. Pourquoi je n'en avais jamais eu.

« Mettre au monde des êtres qui n'ont rien demandé… Les voir grandir et comprendre que la vie fait souffrir, que le temps est compté… Je trouve ça cruel. Et puis, je n'ai jamais eu la fibre paternelle.

– Qu'en sais-tu ?

– Ça ne me manque pas. Ça ne m'a jamais manqué. C'est un signe, je pense…

Elle s'est collée un peu plus fort contre moi. J'ai cru qu'elle allait dire quelque chose. Mais elle est restée silencieuse. J'ai pesé mes mots.

« Et toi ? Pourquoi ne veux-tu… pas d'enfant ? »

Elle a poussé un soupir.

« J'en ai eu deux autrefois. Avec un… Enfin, peu importe. Un garçon et une fille. »

Je connaissais la suite, alors je n'ai rien dit.

« Ils avaient quatre et cinq ans. Son père et moi étions séparés. Il les avait pris pour le week-end. Un type leur a coupé la route avec son 4 × 4. Ils sont morts tous les trois. L'autre s'en est sorti sans une égratignure. Il a passé quelques jours en prison mais on l'a relâché pour vice de procédure. Il avait beaucoup d'argent, des amis influents. Avant que les flics aient pu lui remettre la main dessus, il a quitté le pays. Il s'est tué quelques années plus tard dans un autre accident. »

J'ai voulu la serrer dans mes bras, mais elle m'a repoussé avec irritation, s'est assise, a allumé une cigarette.

« Ça va. J'ai survécu. C'était il y a longtemps. Je ne t'ai pas raconté ça pour que tu me maternes. »

À ce moment-là, j'ai su que je devais lui dire.

*

Allongé sur le lit, les mains derrière la tête, je lui ai tout décrit. Les appels sur le cellulaire qui ne servait qu'à ça. La conversation brève, la formule rituelle, la première rencontre, puis les deux ou trois suivantes, pour nous assurer, l'un comme l'autre, que nous parlions de la même chose, que nous étions d'accord ; le traitement de la douleur et de l'angoisse. Les préparatifs. Enfin, le jour venu, une fin de semaine ou un jour férié, la veillée.

Je lui ai dit combien il y en avait eu, que je me rappelais chacune de leurs paroles. J'ai aussi parlé des cahiers.

Sa cigarette s'était éteinte. Elle ne l'a pas rallumée et l'a remise dans le paquet.

« Ce sont toujours des hommes ?
– À une poignée d'exceptions près.
– Et toujours des soignants ?
– Des humains comme les autres…
– Ils ont tant de secrets ?
– Tout le monde a des secrets. Et quand ce n'est pas un secret, c'est un regret, une parole jamais dite, une question sans réponse.
– Des remords ? »

J'ai soupiré.

« Souvent.
– Depuis trois semaines, tu n'as pas eu d'appel ?
– Si. Mais je n'ai pas répondu.
– Tu ne veux plus le faire ?
– Je ne sais pas.
– Qu'est-ce qui a changé ?
– Je t'ai rencontrée.

– Ça n'a rien à voir avec moi.
– Non. Si... Je n'en ai plus envie.
– Tu as envie d'aller dans ton unité, le matin ?
– Non.
– Mais tu y vas.
– Oui, les patients continuent à souffrir. On a besoin de moi.
– Et ceux que tu assistes, ils n'ont pas besoin de toi ?
– Si... Mais tu ne trouves pas ça scandaleux ?
– Je trouve scandaleux qu'on laisse les gens crever. Tu les soulages. Tu aides ceux pour qui ça n'est pas suffisant à prendre leur vie en main. Je trouve ça... respectueux. »

Elle a éteint la lampe, s'est lovée contre moi, m'a parlé à l'oreille.

« Si tu ne veux plus le faire, c'est ton droit. Tu ne dois rien à personne. Mais tu n'as pas à m'inclure dans ta décision. Je suis bien avec toi, mais je ne vais pas m'arrêter de fumer. »

J'ai posé un baiser sur ses lèvres. Elles avaient le goût âcre et doux du tabac.

« Tu ne m'as jamais caché que tu fumes. Moi, je ne t'ai pas parlé tout de suite... et je ne suis pas sûr d'avoir eu raison...

– Si on découvrait ce que tu fais, tu irais en prison ?

– Très probablement.

– Bon, alors si on vient t'arrêter un jour, je préfère savoir pourquoi. »

*

Quelques mois plus tard, la maison en ruine au fond d'un jardin a été mise en vente. J'ai proposé à Nora de chercher un logement et d'y emménager ensemble. On l'a trouvé en se baladant en dehors de la ville.

C'était cette maison-ci. Nous sommes tombés amoureux d'elle en la voyant.

Les appels ont repris. À vrai dire, ils n'avaient jamais cessé. Mon numéro de cellulaire continuait à circuler, je ne sais comment. Quand j'y pense, je suis stupéfait de n'avoir jamais été inquiété, pendant toutes ces années. À deux ou trois reprises tout de même, j'ai trouvé sur ma boîte vocale des messages bizarres. Je les ai ignorés. De toute manière, je n'appelais jamais, j'attendais toujours qu'on cherche à me joindre. J'avais appris à lire dans les voix.

Une fois, j'ai reçu un appel ambigu.

La voix, autoritaire, a d'emblée demandé à me rencontrer « de la part d'André ».

Comme je ne disais rien, elle a ajouté : « Combien demandez-vous ? »

J'ai réfléchi une seconde.

« Pour le frigo, trois cent cinquante. Pour la cuisinière, cinq cents. Elle n'a jamais servi. Vous avez vu les photos sur le site ? »

Il y a eu un silence, puis plus rien.

*

Tout le monde savait qu'une ligne téléphonique pouvait être mise sur écoute. Je ne donnais jamais aucune indication au téléphone. Mes interlocuteurs n'en donnaient pas non plus, en dehors de leur adresse. J'acceptais ou non de leur rendre visite, un point c'est tout. Une fois en leur présence, pendant la première rencontre, je restais toujours très prudent, me concentrant seulement sur les symptômes que je traitais couramment dans le cadre de l'Unité. Mon statut me permettait de faire des consultations à domicile, et toutes mes prescriptions étaient réglementaires. Je ne laissais rien au hasard.

*

Pendant ce temps, le monde bougeait. De nombreux pays se penchaient sur la question de la mort volontaire. Des études montraient que les craintes de

« pente glissante » étaient infondées : dans les pays où une loi autorisait l'aide médicale au suicide, le nombre de personnes qui passaient à l'acte restait faible. Et aucun ange de la mort ne passait sa faux sur les comateux sans défense ou les handicapés profonds. Ailleurs, des hommes et des femmes affligés de maladies terribles portaient leur requête devant des juges qui, de plus en plus souvent, jugeaient les lois inconstitutionnelles. Pas à pas, la liberté individuelle gagnait du terrain.

Tandis que les pays voisins organisaient des consultations publiques et envisageaient de légiférer, les journaux d'ici publiaient en une des éditoriaux creux, les orateurs professionnels se disputaient les micros, les grands discours pullulaient. Un jour, de courageux médecins ont signé un « Manifeste des 343 assassins » dans lequel ils reconnaissaient avoir donné la mort – et accentuaient la confusion : leur texte citait pêle-mêle et sans nuance l'euthanasie active des cancéreux en phase terminale, les injections clandestines aux grands prématurés, l'abstention de traitement des personnes qui n'avaient rien demandé, la sédation miséricordieuse au profit des familles, les trafics de stupéfiants en ligne.

Des associations de malades ont réclamé un débat national.

L'Académie de médecine et l'Ordre médical se sont érigés en gardiens de la morale.

Les associations religieuses, familiales, syndicales et de consommateurs se sont mises de la partie.

L'Église a condamné.

Le Sénat a créé une commission d'enquête.

Certains députés ont pris des positions courageuses et perdu leur siège. D'autres en ont adopté de très ignominieuses et ont remporté le leur.

Des philosophes en friche ont fait des conférences. Des intellectuels en herbe des émissions de radio. Les uns et les autres ont publié des livres.

Beaucoup de bruit pour rien.

Bientôt, comme c'est souvent le cas ici, l'attention des médias s'est tournée vers un autre sujet de société susceptible de faire vendre des encarts publicitaires.

Mais le ver était dans le fruit.

La première fois qu'elle m'a vu rentrer au petit matin et m'allonger fourbu sur le canapé, Nora m'a demandé comment je me sentais, ce que je ressentais.

« Je ne sais pas. Je ne sens rien de particulier.

– Tu viens d'aider un homme à mourir. Ça te fait *forcément* quelque chose. »

Elle avait raison, pendant des années j'avais feint d'ignorer le poids de ma pratique. Mais j'étais incapable d'en parler.

Un peu plus tard, j'ai sorti un cahier du tiroir de mon bureau, j'ai écrit quelques mots, je l'ai remis en place.

« Je note une seule de leurs phrases et elle me rappelle toute la rencontre. Je le fais depuis que j'ai cessé de transcrire.

– Je croyais que tu n'oubliais rien !

– Je n'oublie rien. À condition de savoir ce que contient ma mémoire. Tu peux lire un livre, voir un film et oublier l'avoir vu. Tu ne t'en souviendras qu'en entendant le titre, en voyant un extrait. J'ai assisté beaucoup d'hommes. Je ne peux pas noter leur nom ou en dresser la liste. Si je ne note pas, je ne saurai plus qu'ils sont là.

– Pourquoi as-tu cessé de transcrire ?

– Un jour, j'ai cru que ça compromettait la qualité de mon travail.

– Mais tu notes quand même. Est-ce que tu relis ce cahier, de temps en temps ?

– Non. Si je le fais, tout me revient.

– Alors, tu devrais reprendre les transcriptions.

– Pourquoi ?

– Le poids de ces paroles te mine, je le vois dans tes yeux quand tu t'étends en rentrant, sur ton corps les jours suivants. Et puis, tu n'as pas le droit de garder ça par-devers toi. C'est irrespectueux envers ces disparus.

– Ils ont droit au secret.

– Au secret de leur identité. Mais tu changeras les noms. Et tu omettras tout ce qui peut les faire reconnaître. Ce ne sont pas des confessions écrites : tout sera transcrit de ta main. D'ailleurs... toi seul sais ce que tu as entendu. Pour qui voudrait le lire, tu aurais très bien pu tout imaginer ! »

La simplicité de cette remarque m'a ébloui.

« C'est vrai, mais... Imagine que j'aie retranscrit ce matin les paroles de la nuit dernière, et que ce soir, les flics débarquent à la demande de la famille. Ils n'auraient pas de mal à reconnaître...

– Eh bien ? Tout ce que tu utilises est réglementaire ?

– Oui...

– Alors, où est le problème ? Tu es médecin, spécialiste des soins palliatifs. Tu ne te caches pas quand tu vas les voir. Il n'est pas illégal d'aller les soulager gratuitement et sur ton temps libre. Et rien ne t'interdit de noter les paroles qu'ils t'ont dites en toute liberté. »

Je suis resté sans voix.

« En outre... personne ne t'oblige à retranscrire *tout de suite*. Combien de phrases as-tu notées dans ce cahier ?

– Plusieurs dizaines...

– Tu n'as qu'à reprendre leurs histoires une à une, dans l'ordre que tu voudras, au moment que tu choisiras, et pas *juste après* une veillée. Ça fera travailler ta mémoire et ça allégera ton cœur.

– Mais *pourquoi* les transcrire ?
– Ce sont des moments de vie. Ils ne t'appartiennent pas : on te les a confiés. Si tu ne les transcris pas, ils disparaîtront avec toi. »

★

Comme toujours, elle avait vu juste. Dès que je me suis remis à écrire, je me suis senti plus léger. Mes journées à l'Unité m'ont paru moins longues, les veillées moins éprouvantes. Les uns après les autres, des morceaux de vie ont rejoint sur l'étagère les souvenirs de Louise, le récit de l'homme au cœur brisé et les cahiers d'André. Ce retour à la conscience des paroles enfouies avait sur moi un autre effet bénéfique : en retrouvant les paroles des morts, j'apprenais à mieux écouter les vivants.

Les années ont passé. Pour beaucoup, c'étaient des années sèches, des années de colère et de frustration, de chômage et de conflits. Pas pour Nora et moi. Nous n'avions ni famille ni amis, mais nous avions besoin de peu, et nous étions heureux.

Je crois.

Et puis, un jour, sans prévenir, elle a quitté son travail, elle a fait ses valises et elle a disparu.

Quand on perd quelqu'un dans la foule, on est tenté de courir dans tous les sens, et c'est une mauvaise idée. Il vaut mieux rester à la même place, en attendant que l'autre revienne. C'est dur de se dire ça. C'est dur de ne pas bouger et d'attendre.

Mais je pensais qu'un jour elle me donnerait des nouvelles, qu'elle me ferait un signe.

Alors, j'ai attendu.

J'ai continué à travailler le jour dans l'Unité.

Le soir, à transcrire les veillées.

La nuit, à me remémorer tout ce que Nora disait.

« Avec ce que tu sais, tu soignes. Et ce que tu sais, tu peux le partager avec ceux que tu ne soignes pas. »

« Tout le monde souffre, tout le monde doit apprendre à soulager. »

J'ai partagé, j'ai vu que d'autres le faisaient déjà, et que d'autres encore se mettaient à le faire.

Dans ce pays aussi, les choses ont évolué. Il y a plus de dix ans, quand un gouvernement progressiste a légalisé l'aide médicale au suicide, le corps médical avait déjà changé ; les contempteurs d'antan, désormais, étaient minoritaires.

Comme pour la loi sur l'avortement, cinquante ans plus tôt, on a fait appel à des volontaires.

Et parce qu'il fallait former les volontaires, on a fait appel à ceux qui travaillaient dans l'ombre.

J'ai répondu présent.

Ce que j'avais à dire tenait en quelques mots :

S'ouvrir sans questionner, écouter sans interrompre, entendre sans juger. Expliquer. Apaiser. Soulager.

Je pensais, depuis longtemps déjà, qu'il n'est pas nécessaire d'être un professionnel pour accompagner celui qui choisit de mourir.

Veiller fait partie de l'expérience humaine.

Les derniers moments d'un homme sont sublimes.

J'ai eu envie de défendre l'idée. Alors, j'ai écrit un livre.

Je suis fatigué.

Rentrons, voulez-vous ?

Je vais m'installer sur le canapé, si ça ne vous ennuie pas.

Ah, c'est mieux. Je commençais à avoir mal au dos. Il y a huit ou neuf mois, mon cancer s'est remis à faire des siennes. Je n'étais pas très heureux, mais j'étais soulagé. J'ai déjà eu des rallonges, ça ira comme ça.

J'ai décliné les chimiothérapies. J'ai refusé aussi le bilan cérébral, je n'ai pas envie de savoir si j'ai ça dans la tête. Jusqu'ici, j'ai l'impression de jouir de toutes mes facultés. Je ne vais pas laisser une image en trois dimensions me pourrir la vie qui me reste.

L'ironie de la situation ne m'a pas échappé. J'aurais pu mourir brusquement, d'un infarctus ou d'un accident vasculaire, mais non, j'ai eu droit à un bon vieux cancer.

Ça ne me chagrine pas. Je n'ai pas eu une mauvaise vie. Pendant les cinq ans que j'ai vécus avec Nora, j'ai été très heureux, plus heureux que la plupart des gens.

J'ai consacré ma vie à des tâches utiles, j'ai beaucoup reçu en retour.

Je ne partirai pas le cœur vide.

Voulez-vous me passer la bouteille d'eau que j'ai posée sur la table ?

Ah. Ça fait du bien.

Quelle heure est-il ?

Eh bien, la journée a passé plus vite que je ne l'imaginais.

J'espère que je ne vous assomme pas avec toutes ces histoires.

Mais nous n'avons que ça, finalement. Des histoires. Pour nous aider à vivre, pour nous préparer à mourir.

Pour nous rappeler en temps de peine qu'il y a eu parfois de l'amour dans nos vies.

Allez, j'ai le temps de vous en raconter une dernière.

C'est une histoire de famille.

Commençons par un homme, appelons-le Daniel. Il avait été infirmier dans une clinique de la ville. Après avoir pris sa retraite, il avait fait le tour du monde et travaillé pendant trois ans dans des conditions difficiles comme infirmier ou aide-soignant en Asie et en Afrique. Quelques mois après son retour, le voyant amaigri et fatigué, un ami médecin l'avait convaincu de se faire hospitaliser. À l'hôpital, on lui avait rapidement trouvé une leucémie, probablement d'origine professionnelle : dans la clinique où il avait passé toute sa carrière, il manipulait aussi l'appareil à radiographies. Pour gagner du temps, il ne se protégeait jamais.

On m'avait demandé de le voir parce qu'il avait mal partout. Il y avait de quoi. Au cours de ses voyages, il avait souffert de la chaleur, de l'humidité et du froid, d'infections parasitaires et de malnutrition. Il avait eu beaucoup d'os brisés, ses articulations étaient presque toutes déformées.

Je suis vite parvenu à le soulager, et ça l'a beaucoup surpris. À force de parcourir des pays démunis, il avait oublié que dans les pays riches on dispose de drogues puissantes. Et que tous les soignants ne traitent pas la douleur par le mépris.

Je suis allé le voir plusieurs soirs de suite, à la fin de ma journée de travail. La troisième fois que je l'ai vu, il ne souffrait presque plus, mais il était très angoissé. Il ne voulait pas qu'on le traite. Je lui ai dit que rien ne lui imposait de rester. Il a ouvert de grands yeux, surpris que je ne joue ni les gardes-chiourmes ni les Père la Morale. Mais il a secoué la tête : s'il sortait, sa fille voudrait absolument s'occuper de lui, et il n'y tenait pas. Il l'aimait beaucoup. Il ne voulait pas mourir dans ses bras.

Il ne voulait pas non plus crever à petit feu comme les patients qu'il avait vus mourir, et voir chaque matin et chaque soir sa fille assise près de son lit.

Je me suis étonné de ne pas l'avoir croisée les soirs où j'étais passé le voir. Il m'a expliqué qu'elle était en stage à plusieurs centaines de kilomètres.

Pendant que nous parlions, lui et moi, elle a appelé. J'ai voulu sortir mais il m'a fait signe de rester. Il lui parlait tendrement, plaisantait, la rassurait, lui disait que tout allait bien, que tout irait bien, qu'un médecin très correct (il m'a lancé un clin d'œil) l'avait vraiment bien soulagé.

J'ai senti qu'il l'aimait beaucoup.

La conversation terminée, il a poussé un grand soupir.

J'en ai marre de courir.

Ce sera pire pour elle si je meurs à petit feu.

Je n'ai rien dit, je l'ai laissé parler.

Six ans plus tôt, ses deux petits-enfants avaient été tués par un chauffard. Daniel avait bien cru que sa fille n'allait pas leur survivre. Elle ne mangeait plus, elle avait perdu vingt kilos, elle refusait de voir un médecin. Il avait surmonté son propre chagrin pour veiller sur elle. Le temps avait passé et, sans qu'il sache comment, elle s'était mise à revivre. Mais sa tristesse n'avait pas disparu. Daniel était veuf depuis longtemps, il avait convaincu sa fille d'emménager dans une maison en ruine au fond d'un jardin, lui à l'étage, elle au rez-de-chaussée. Un jour, elle avait rencontré un homme. Ça lui avait semblé un bon signe, il était parti vivre ailleurs.

Des hommes, il y en avait eu plusieurs. Mais aucun ne semblait pouvoir la rendre heureuse. Au bout de quelques semaines, elle ne voulait plus les voir. Quand son père lui demandait pourquoi, elle répondait chaque fois : « Ce pauvre con voulait me faire un enfant. »

Il avait alors compris qu'elle ne s'en remettrait jamais, et sa colère s'était mise à grandir.

Il avait rapidement retrouvé la trace du chauffard, un riche fils de famille réfugié dans un pays proche, à l'abri d'une extradition. Il ne se cachait pas. Il ne se méfiait pas non plus. Alors, pendant plusieurs années, Daniel avait accumulé les heures supplémentaires et mis de l'argent de côté. Un jour, il avait annoncé à sa fille qu'il prenait sa retraite, et partait faire le tour du monde. Elle avait accueilli la nouvelle avec une joie sincère. Elle avait le sentiment d'être un boulet, le projet de Daniel la libérait de ses craintes. Elle s'était promis d'aller passer des vacances avec lui quand il passerait par Bali ou la Nouvelle-Calédonie.

Elle l'avait accompagné à l'aéroport quand il avait pris l'avion pour Amsterdam.

À Amsterdam, il n'avait pas pris le bateau pour la Scandinavie, comme il l'avait annoncé, mais un autre avion, pour Londres.

À Londres, il était descendu dans l'hôtel où se trouvait l'assassin de ses petits-enfants. Il l'avait côtoyé pendant un jour ou deux, s'était fait passer pour un compatriote vivant sur la côte est et l'avait invité à y passer un week-end. Ils étaient partis dans une voiture d'occasion, payée comptant à un particulier. Pendant le trajet, Daniel avait fait boire à son passager un excellent scotch, bourré de tranquillisants. Arrivé sur la côte, il avait conduit la voiture au sommet d'une falaise, dans un secteur peu fréquenté. Il avait installé le chauffard au volant, avait desserré le frein à main et refermé la portière pendant que la voiture se mettait à rouler doucement vers le vide. Il s'était rendu à pied à la gare la plus proche, avait pris le train pour Londres, un avion pour une destination lointaine. Il pensait qu'on le poursuivrait mais, avant qu'on ne le rattrape, il voulait se rendre utile dans des pays où on manque de tout. Et puis, contre toute attente, personne ne s'était lancé à sa poursuite. De l'accident, les journaux n'avaient fait que trois lignes. La victime était connue pour ses abus d'alcool et de drogue, ses escapades étaient fréquentes ; personne n'avait été très surpris.

Au bout de trois ans de travaux forcés dans certains des coins les plus sinistres de la planète, Daniel avait craint de mourir sans revoir sa fille. Il était rentré au pays. Elle l'avait accueilli avec joie. Six mois plus tard, on l'hospitalisait.

En apprenant sa leucémie, il s'était senti soulagé. À ses yeux, la punition était à la mesure du crime. Mais il ne cessait de penser à sa fille.

« Pendant six mois, elle a été heureuse. Je ne veux pas que ma lente agonie efface ces moments-là. Aidez-moi. »

Après le père, la fille. Nous l'appellerons Nora.
Le début de son histoire, je vous l'ai déjà dite. La fin, je l'ai lue dans une lettre, rédigée de sa main.
Je l'entends dire chaque mot comme si elle était là.

Emmanuel,

J'ai été trahie trois fois.
La première fois par la vie qui m'a pris mes enfants.
La deuxième fois par le crime de mon père.
La troisième fois par mon corps.
Mais jamais par toi.
Je regrette de ne te l'avoir jamais dit.

Je ne te reproche pas d'avoir assisté mon père. Ni de me l'avoir caché. Tu ne pouvais pas faire autrement. Et je me souviens de tes hésitations quand je t'ai assailli de mes questions, je me souviens de ta délicatesse, de tes scrupules, de tes silences. Avec le recul, je ressens ta douceur et ton respect d'alors comme des marques de l'amour que tu me portais déjà.

Je ne te reproche pas d'avoir transcrit les paroles de mon père, au contraire. C'est tout ce qui reste de lui. Merci de l'avoir écouté.

Je ne te reproche pas d'avoir rangé le cahier parmi les autres, il y était à sa place. Je me reproche, à moi, d'avoir un jour repensé à sa mort, à notre rencontre, à l'amour qui t'a fait me confier ton secret… et d'avoir compris que l'histoire de mon père se trouvait peut-être, finalement, sous mon nez.

J'ai lu le cahier il y a longtemps déjà. Ça ne m'a pas empêchée d'être heureuse avec toi.

La vie est cruelle, tu as raison. Nous étions trop heureux. Ça ne pouvait pas durer.

Un jour, au beau milieu de ce bonheur, j'ai découvert que j'étais enceinte. Ça non plus, je ne te le reproche pas ; la « toute nouvelle technique » à laquelle tu t'es soumis n'était pas si fiable que ça, finalement. On ne devrait jamais faire confiance aux médecins.

Je sais ce que tu penses. « Si tu me l'avais dit, j'aurais été fou de joie. » *Je le sais, je le crois. Et quoi que tu dises, tu aurais été un très bon père. Un père aimant, un père protecteur, un père entièrement tourné vers son enfant. Un père tordu de remords à chaque seconde de cette jeune vie. Un père qui aurait voulu la protéger du monde et de sa cruauté. Un père qui lui aurait tout sacrifié.*
Je ne pouvais pas vous faire ça.
Je suis partie.
J'ai pris rendez-vous pour interrompre la grossesse, toute seule, comme je l'avais fait plusieurs fois, sans états d'âme, avant de te rencontrer.
Mais cette fois-ci je n'ai pas pu.
Alors, j'ai décidé de porter notre enfant et de l'élever sans toi.
Plus tard, je serais revenue vers toi, pour lui faire connaître son père.
Mais mon corps m'a trahie et m'a prise de vitesse.
Tout à l'heure, l'enfant va naître.
Je ne sais pas si je

*

Cette lettre, Nora l'a écrite il y a presque trente ans.

Je l'ai reçue il y a dix-huit mois.

Elle était accompagnée de deux documents. Le premier était un résumé de son dossier médical. Il m'a appris qu'elle a souffert, au huitième mois de grossesse, d'une défaillance cardiaque. Elle a refusé tous les traitements susceptibles d'être nocifs pour l'enfant. On a décidé de pratiquer une césarienne. Quelques minutes avant l'intervention, elle a fait une embolie. Extrait de toute urgence, le bébé a survécu.

Nora n'avait plus de famille et n'avait pas donné mon nom. Le jour même, le bébé pris en charge par les services sociaux a été adopté.

Le second document était une copie de son certificat de naissance.

J'ignore qui m'a envoyé tout ça, l'envoi n'était pas signé. Sans doute un soignant, une soignante de la maternité, qui a reçu Nora et conservé sa lettre.

Oui... comme moi, vous vous demandez : « Comment m'a-t-on retrouvé ? »

C'est simple.

La lettre écrite par Nora portait mon prénom, Emmanuel.

Et mon livre, *En souvenir d'André*, est dédié à Nora.

Il y a cinquante ans, je n'aurais jamais pu retrouver notre enfant. Heureusement, le monde change, et les lois également.

Ce jour-là, dans cette maternité, il n'y a eu qu'une adoption. Comme la loi m'y autorise, j'ai demandé le dossier à l'agence généalogique, en échange d'une empreinte génétique démontrant la filiation.

Lorsque je l'ai reçu, je l'ai lu soigneusement. Je croyais... que rien ne pressait.

J'ai consulté l'album public de la famille. Si j'en crois les photos, sa vie a été bonne, entourée de parents aimants et de deux autres enfants. Tous trois sont adultes aujourd'hui.

Une fois que j'ai connu son nom et son visage,

j'ai hésité à aller plus loin. Est-ce que j'avais le droit...
d'envahir sa vie sans son...
   Oh, j'ai la tête qui tourne...
   Aidez-moi à m'allonger
   Ah, je suis désolé
   J'ai hésité trop longtemps
     Quand j'ai vu le cancer me rattraper, je n'ai pas voulu traîner...
   Il m'a fallu choisir une date
   Ça va aller. C'est rien...
   Tu verras, ça se passera bien.
   Je vais dormir, voilà tout
   Je suis content que tu sois là.

   J'avais tant de désirs opposés.
   Te connaître sans t'envahir.
   Te voir et entendre ta voix
   Te confier ces cahiers, ces histoires
   Et te raconter la tienne
   Je suis fier que tu sois... volontaire

   Tu as le courage de Nora
   J'espère que tu as ma mémoire

Autres livres de Martin Winckler

LITTÉRATURE :

L'Affaire Grimaudi, roman (en coll. avec Claude Pujade-Renaud, Alain Absire, Jean Claude Bologne, Michel Host, Dominique Noguez, Daniel Zimmermann), Le Rocher, 1995.

Le Mystère Marcœur, L'Amourier, 2001.

Touche pas à mes deux seins, roman, « Le Poulpe », Baleine, 2001 ; Librio, 2002.

Le Corps en suspens, nouvelles sur des photographies d'Henri Zerdoun, Zulma, 2002.

Mort in Vitro, roman, Fleuve Noir, 2003 ; Pocket, 2005.

Noirs scalpels, nouvelles (ouvrage collectif), « NéO », Le cherche midi, 2005.

Camisoles, roman, Fleuve Noir, 2006.

Le mensonge est ici, nouvelles, Librio, 2006.

À ma bouche, récit, « Exquis d'écrivains », Nil, 2007.

Le Numéro 7, roman, « NéO », Le Cherche-midi, 2007.

La Trilogie Twain :

Tome 1 : *Un pour deux*, Calmann-Lévy, 2008.

Tome 2 : *L'un ou l'autre*, Calmann-Lévy, 2009.

Tome 3 : *Deux pour tous*, Calmann-Lévy, 2009.

Les Invisibles, Fleuve Noir, 2011

Essais et manuels :

En soignant, en écrivant, Indigène, 2000 ; J'ai Lu, 2001.

C'est grave, Docteur?, La Martinière, 2002 ; J'ai Lu, 2004.

Nous sommes tous des patients, Stock, 2003 ; Le Livre de poche, 2004.

ContraceptionS mode d'emploi, 3ᵉ édition, J'ai Lu, 2007.

Les Droits du patient, avec Salomé Viviana, Fleurus, 2007.

Choisir sa contraception, « La santé en questions », Fleurus, 2007.

Tout ce que vous vouliez savoir sur les règles, Fleurus, 2007.

Profession médecin de famille, Presses de l'Université de Montréal, 2012.

Petit éloge des séries télé, Folio, 2012.

L'Esprit du shaman – « Dr House », une éthique du récit, Boréal, 2012.

Achevé d'imprimer en septembre 2012
dans les ateliers de Normandie Roto Impression s.a.s.
à Lonrai (Orne)
N° d'éditeur : 2293
N° d'édition : 245977
N° d'imprimeur : 123393
Dépôt légal : octobre 2012

Imprimé en France